講談社文庫

別れの霊祠（れいし）

溝猫長屋　祠之怪

輪渡颯介

講談社

目次

麻布宮下町　溝猫長屋にかかわる者たち――

忠次……表店の桶屋の次男。父は寅八、母はとき。
新七……表店の提灯屋の倅。出来がいい。
留吉……表店の油屋の倅。弟妹が多い。
銀太……お調子者。四人とも十三歳。

吉兵衛……溝猫長屋の大家。

羊羹、金鍔、蛇の目、四方柾、釣瓶、弓張、菜種、しっぽく、花巻、あられ、筮竹、柿、玉、石見、手斧、柄杓……溝猫長屋の猫たち。

野良太郎……長屋を根城とする犬。

多恵……長屋の奥の祠に祀られている女の子。

紺……隣町の質屋菊田屋の自称箱入り娘。十七歳。
岩五郎……紺の父。縁談話に乗り気。
杢太郎……質屋小竹屋の長男。紺の縁談相手の一人。二十一歳。
文次郎……質屋大松屋の次男。紺の縁談相手の一人。二十一歳。
古宮蓮十郎……手習所耕研堂の雇われ師匠。
弥之助……岡っ引き。溝猫長屋で育った。
ちんこ切の竜……弥之助の手下。無口な男。

別れの霊祠(れいし)
溝猫(どぶねこ)長屋 祠之怪(ほこらのかい)

別れの長屋

一

「こら忠次、いつまで寝てやがるっ」

弥生三月、まだ夜も明けやらぬ早朝のことである。夜具にくるまり、ぬくぬくと心地よい眠りについていた忠次の耳に、父親の寅八の大声が響いてきた。

「お前が裏の祠に手ぇ合わせに行くのは、今日と明日の二日で終わりなんだぞ。たまにはしっかりと起きて、きりりと引き締まった顔でお参りしてきやがれっ」

長屋の隅々にまで届いたと思われる凄まじい怒声だったが、忠次は面倒臭そうにのろのろと体を起こしただけだった。まだ半分寝ているような顔を寅八に向ける。

「……ああ、父ちゃん。おはよう」

「なに呑気に挨拶してやがる……初めてお参りに行った日にも同じようなやり取りをした覚えがあるな。それから毎朝ずっと似たようなことを繰り返している。お前、一年経ってもまったく変わらないな」

「うん、そうだね。じゃあ、おやすみ」

忠次は再び体を横たえ、くるりと丸くなった。目を閉じるとほぼ同時に、すっと眠りに落ちる。刹那の早業だ。

「どっこらせ、と」

敷布団の端が勢いよく持ち上げられた。忠次は床の上をごろごろと転がり、そのまま壁にぶち当たった。

「痛ぇ。何するんだよぉ」

かなり無理やりではあるが、さすがに目が覚めた。ぶつけた鼻をさすりながら、恨めしそうに寅八を見やる。

「怪我したらどうするんだよ。母ちゃんに言い付けるぞ」

「親に向かって、なんて口を利きやがるんだ……というやり取りも一年前にしたな。そして当然、今お前の布団を引っぺがえしたのも一年前と同じく、その母ちゃんだ」

「ええ？」

忠次が横に目を向けると、母親のおときが恐ろしい形相で仁王立ちしていた。職人の父親よりこちらの方がよっぽど怖い。しかも忠次は一年前からほとんど成長が見られないが、おときは違う。明らかに凄みが増している。

「あんたは明日から他人様の世話になるんだよ。そうなったら、うちにいる時のようにだらだらと寝ていられないんだからねっ」

おときは忠次を睨みつけながら布団を素早く畳み、部屋の隅に積んだ。忠次はまだ眠りこけている弟の寅三郎の布団へ潜り込もうと考え、横目でおときの様子を窺っていたが、その隙を見出すことはできなかった。

「もう大家さんや新ちゃん、留ちゃんは祠の前にいるみたいだよ。あんたもさっさとお行き」

「ふえぇい」

忠次はふらふらと立ち上がり、おときが差し出していた手拭いを受け取った。そして眠い目をこすりながら狭い土間に下り、腰高障子を開けて表へと足を踏み出した。

「おら銀太っ、さっさと起きねえかっ」

長屋の路地を挟んだ斜め向かいの部屋から怒鳴り声が聞こえてきた。そこに住んでいる同い年の銀太も、忠次と同じように父親に叩き起こされたようだ。この少年も一年前から成長していない。忠次は少しほっとした。

だが、銀太は今後もしばらくはこの長屋に残ることになっているのでまだいい。自分は明日から桶職人の親方の許へ弟子入りするので、長屋を出ていかねばならないのだ。朝早く起きるのも苦手だし、気が重いな……と思いながら忠次は空を見上げた。

お天道様が顔を出す前だが、空はもうかなり白んでいた。きっと昼頃はいい陽気になるだろう。しかしそれでも朝早い今はかなり冷える、と忠次は軽く身震いした。

「うう、眠いよぉ……」

斜め向かいの部屋の戸が開き、銀太がおぼつかない足取りで路地に出てきた。そのまま正面の部屋の戸にぶつかっていくのではないかと心配したが、さすがに毎朝繰り返していることなのでそうはならなかった。銀太は途中で止まり、まだ十分に目の開いていない顔をゆっくりと忠次の方へ向けた。

「ああ忠ちゃん、おはよう」

「うん、おはよう……眠いね」

「そうだね」

力のない声で朝の挨拶を交わした二人の少年は、目を盛んに瞬かせながら、だるそうな足取りで長屋の奥へ向かって歩き出した。

路地を抜けると、物干し場や井戸、厠や掃き溜めなどがあって少し広くなっている場所に出た。その隅に、忠次たちがこの一年間、ほぼ毎朝手を合わせている「お多恵ちゃんの祠」がある。おときが言っていたように、すでに大家の吉兵衛と、忠次や銀太と同い年の少年である新七、留吉の三人が祠の前に集まっていた。

「ああ、ようやく来たか。まったくお前たち二人はいつまで経っても早起きに慣れないな。感心するよ」

忠次と銀太の姿を見た吉兵衛が、苦虫を噛み潰したような顔で言った。もっともこの年寄りは常にそういう顔つきをしているので、忠次も銀太も今さらどうとも思わなかった。平気な顔で、「大家さん、おはようございます」と声を揃えて挨拶をする。

「うむ、おはよう。本当にお前たちは変わらないな。銀太はともかく、忠次はそれでは困るのだが……まあ話は後にして、まずはお多恵ちゃんの祠にお参りするとしよう。ああ、お前たちはその前にちゃんと顔を洗いなさい」

忠次と銀太は井戸端へと向かった。長い棒の付いた桶を井戸の中に差し入れて、脇にあった盥に水を汲む。先に新七がお多恵ちゃんの祠の前に置いてある皿に水を汲んで持っていき、それから二人は顔を洗った。

「ううっ、冷たい」

思わず声が出る。お蔭で目がぱっちりと開いた。手にしていた手拭いで顔を拭き、忠次は改めて辺りを見回した。

数匹の猫が目に入った。忠次が住んでいるこの長屋は、近所の人たちから「溝猫長屋」と呼ばれている。もちろん猫がいるからそう言われているわけで、今は全部で十六匹の猫が長屋に住みついている。

一匹の猫が忠次のそばに寄ってきて、盥の縁に前脚を乗せて首を突っ込み、中に溜まっている水をぴちゃぴちゃと飲み始めた。それを見た他の猫も盥に近づいてくる。

忠次は目を掃き溜めや、長屋の建物の床下へと移した。長屋には猫だけでなく、野良太郎と呼ばれている野良犬も一匹いて、飼われているわけでもないのに勝手にここをねぐらにしていたのだが、その姿は見えなかった。

「野良太郎……どこいっちゃったんだろうな」

忠次が呟くと、横で銀太が小さく頷いた。

「うん、ここ数日まったく見ていない。ここよりもっとたくさん食い物があるような場所を見つけたのならいいんだけど……」

銀太が心配そうな声で言う。この少年は以前、川で溺れたところを野良太郎に助けられたことがあるから、余計に気がかりなのだろう。

「ううん、どうかな」

野良太郎は薄汚れているし、顔も間抜け面な、いかにも「私は野良犬でございます」という風貌の犬だから、むしろどこかの悪餓鬼にいじめられているのではないかと不安になる。

「ほら、お前たち。顔を洗ったら、さっさとこっちに来なさい」

吉兵衛が不機嫌そうな声で二人を呼んだ。忠次と銀太は「後で野良太郎を捜しに行こうな」と約束して、祠の前へと向かった。

二

「さて忠次、新七、そして留吉。お前たち三人はいよいよ明日からこの長屋を離れ、それぞれの場所で働き始めるわけじゃが……」

祠に手を合わせ終えると、吉兵衛が子供たちの顔を見回しながら話し出した。この大家は何かにつけて説教を垂れ始める面倒臭い年寄りだが、それを聞くのも残りわずかだと、忠次と新七、留吉は背筋を伸ばして神妙な顔をする。ただ一人、まだ長屋に残って手習にも通い続ける銀太だけは、あからさまにうんざりしたような表情になった。

「お前たちももう十二……いや、年が明けて十三になったのか。早いものだな。儂も年を取るわけだ……とにかく、もう十三だから、親元を離れるのには十分だ。特に忠次の場合は、遅いくらいだと言ってもいいかもしれない」

吉兵衛はまず忠次の方へと顔を向けた。商家に奉公に行く留吉や、いずれは家業の提灯屋を継ぐことになっている新七と違い、忠次は桶作りの職人になることに決まっている。

「職人だと、十くらいで修業を始める者も多いからな。技というのは体で覚えていくものだから、若いうちから始めた方がいいのだろう。しかし、人は様々だ。十五くらいになってから修業に入る者だっている。要は正しい技を身につけて、しっかりとした物が作れるようになればいいのだから、焦らず修業に励むことだ。初めのうちは親方や兄弟子から怒鳴られてばかりだろうが、皆そうやって一人前になっていくんだよ。決してお前をいじめて追い出してやろうと思っているわけではない。だから変にひねくれた考えを持たずに、素直に上の者の言うことを聞くんだぞ」

忠次は「はいっ」と元気よく返事をした。吉兵衛は頷き、次に留吉へと顔を向けた。

「留吉が奉公に出るのは呉服屋だ。家業と違うし、かなり大きい店だから戸惑うことも多いだろうが、周りの人の動きをよく見て、早く仕事の回り方を覚えることだな」

留吉の家はこの溝猫長屋の表店にある油屋だ。だから当初は、やはり油屋をやっている親戚の家に働きに出るという腹積もりでいた。しかし留吉には家を継ぐ兄がいるので、特に油屋に拘る必要はなかった。それなら大きな店に奉公に出た方がいいのではないかとなり、吉兵衛の口利きで浅草にある呉服屋へ行くことに決まったのである。

「この麻布からは離れているので寂しく感じるだろうが、遠くへ働きに出るのは決して珍しいことではない。お前たちくらいの年で、上方から江戸店へ奉公に来ているという者も大勢いるからな。そう考えると浅草なんて近い。その気になればすぐに戻ってこられる。しかしだからと言って、辛くなったら逃げ出そう、などと思ってはいけないぞ。ここへ帰るのは年に二回、藪入りの日だけだ。そう心に決めて、しっかりと奉公することだ。己に厳しくな」

留吉は力強く頷いた。吉兵衛は「うむ」と唸り、それから新七を見た。

「新七は……親戚の店に手伝いに行くだけだから気楽だろうが、それでも他人様の家に世話になるのだから、礼儀というものを弁えていなければならんぞ」

新七は一人息子で、いずれは家業の提灯屋を継ぐことになっているので無理に家を出る必要はない。ただ、若いうちに他所の飯を食うのも大事だということで、それで叔父がやっている店にしばらくの間だけ世話になる、という話に決まったのだ。

「まあ、新七は何の心配もないだろう。ええと……」

吉兵衛はちらりと銀太の方を見たが、この少年に告げることは特にないらしく、すぐに忠次たち三人の方へ顔を戻した。

「とにかく儂が言いたいのは、初めは苦労するだろうが、不思議なもので何事もやっていくうちに慣れるものなのだ、ということなのだよ。だから辛くとも続けることだ。もっとも、何だかんだ言ってもお前たちは妙に性根が据わっているところがあるからな。新七だけじゃなく、忠次と留吉についても、実は修業や奉公の厳しさという点においてはあまり心配していない。それよりも儂が気になるのは……幽霊のことだ」

お多恵ちゃんの祠の方へ目を向け、吉兵衛は顔をしかめた。その表情のまま子供たちの方へ目を戻す。

「お前たちはこの世の者ではない相手を感じてしまうわけだからな。それで騒ぎを起こしたとしても、奉公先や修業先の人たちは戸惑うだけだ」

「はあ……」

銀太を含めた四人は顔を見合わせた。

この溝猫長屋には、他所の人には言えない秘密があった。お多恵ちゃんの祠に関することだ。

この祠へは、長屋に住んでいる男の子の中で一番年長に当たる者が毎朝お参りする決まりになっていた。一年前からはここにいる四人の子供たちがその役目を負っている。朝早く起きなければいけないので迷惑だと忠次や銀太は考えていたが、それは些細なことだ。実は祠にお参りするともっと困ったことが起こるのである。幽霊が「分かる」ようになってしまうのだ。

必ずしも「見る」わけではない。近くに幽霊がいると妙な臭いを「嗅ぐ」者もいるし、声や物音を「聞く」だけの人もいるのだ。

祠にお参りするのが一人か二人だけなら、「見る」「嗅ぐ」「聞く」をひっくるめて一人の人間が幽霊に出遭うのだが、忠次たちの場合は四人もいるからか、なぜかそれらの力が分かれてしまったのである。

春、夏、秋とそれぞれの季節に一回ずつ、四人は幽霊に出遭うことで騒動に巻き込まれてきた。その際は「見る」「嗅ぐ」「聞く」の力が忠次と新七、留吉の三人の間で順番に回り、最後にどういうわけか銀太がそれらの力を一身に受けて酷い目に遭った。

しかしその決まりが冬に変わった。旗本屋敷の物の怪騒動に巻き込まれ、四人はいったん江戸を離れることを余儀なくされたのだが、祠からも離れたせいか、その間は忠次が「見る」、新七が「嗅ぐ」、留吉が「聞く」に定まってしまったのだ。そして銀太の身にはそれらの力がすべて降りかかった。当たり前のように「幽霊が分かる人」になってしまったのである。

「これまでの子供たちだと、奉公に出るなどしてこの長屋を離れると幽霊に出遭うこともなくなったのじゃが、お前たちの場合は恐らく違うだろうし……」

吉兵衛は再び祠の方へ目を向けながら言った。

この祠に祀られている「お多恵ちゃん」とは、かつてこの長屋に住んでいた女の子の名だ。とても心優しい女の子で、長屋にいる年下の子供の面倒などをよく見ていたそうだが、ある日、酒に酔ってこの長屋に飛び込んできた侍に斬り殺されてしまったのである。

忠次たちは詳しいことまでは聞かされていないが、どうやら冬に起こった旗本屋敷の騒動は、お多恵ちゃんを殺した侍と何らかの関わりがあったらしい。その一件はこ

の辺り一帯を縄張りにしている目明しの親分の弥之助の手によって解決した。そして
それ以降、お多恵ちゃんの祠の雰囲気がどことなく変わった。祠としての形はあるが
中身は空っぽ、という風に感じられるようになったのだ。
「多分、お多恵ちゃんの霊は成仏したのだろうね。もちろん、それはとても良いこと
だと儂は思う。しかし……」
吉兵衛は忠次たちの方へと目を戻し、溜息を吐いた。
子供たちが幽霊を感じるようになったのは、お多恵ちゃんの祠の力である。いわば
「お多恵ちゃんによって遭わせられていた」のだ。だからお多恵ちゃんの霊が成仏す
れば、当然のように子供たちも幽霊に出遭わなくなる……というのがごく当たり前の
流れだと思うのだが……。
「お多恵ちゃんも困った置き土産を残していったものじゃな。まさか、祠の力がなく
ても幽霊が分かるようになってしまったとは」
「はあ……」
四人の力は旗本屋敷の騒動が終わってからもなぜか保たれている。忠次は少し前
に、川を流れていく裸の女を見た。ぱんぱんに膨れ上がっていて、しかも透けていた
から、きっとあれは幽霊なのだろう。新七も人死にが出た家の前を通りかかると、他

の人が何も感じないのに「臭い臭い」と唸ることがあるし、留吉も、姿が見えない何者かの足音だけとすれ違うことがあるらしい。

「まあ、銀太だけはまだ長屋に残るわけで、それだけは不幸中の幸いじゃが……」

「そんな言い方は酷いと思うけどな、大家さん」

銀太が口を尖らせた。

「お蔭でおいら、すごく苦労しているんだよ。近頃はやたらとはっきり見えるようになっちゃってさ。頭が半分欠けているとか、はらわたを引きずっているとか、そういうのじゃないと生きている人なのかどうか分からなくなっているんだ。この間も道端にお爺さんが立っていたから、『こんにちは』って大きな声で挨拶したら、びっくりした顔して消えちゃったんだよ。本当ならおいらの方が驚くべきなのに、なんか悪いことした気分になっちゃった」

「まったく……困ったものじゃな」

吉兵衛はまた深く溜息を吐いた。

「……あの大家さん。そのことなんだけど」新七が口を開いた。「実は、何となくその力も弱まってきているように思うんです。少し前まではははっきりと分かったのに、この頃はかなり力を入れて懸命に嗅いで、ようやく『臭い気がする』というくらいにしか感じない」

「ああ、おいらもだ」留吉が声を出した。「おいらも前は足音とすれ違ったり、ぶつぶつと呟く声が通り過ぎていったりしたけど、近頃はよほどそういう場所に近づかないと何も聞こえない気がする。それに聞こえたとしても、すごく小さいし」

「ほほう。忠次はどうだね」

「おいらは……この目で見たのは川を流れていく女の人のお化けを見たのが最後かな」

忠次は首を傾げて考えた。あれは確かひと月ほど前のことだ。それからは、はっきりとした形では見ていない。

「……でも、おいらの場合、見え方が変わってきているんだ」

「どういう風にだね」

「夢で見るんだよ。この間も、土の中に埋められる夢を見たんだ。家の中でさ、どうやら床板を外して、その下に掘った穴の底に寝かされているみたいなんだけど、仰向けだから天井板が見えるんだ。そうしたら横から知らない男の人が現れてさ、おいらに土をかけていくんだよね。それで、真っ暗になって息苦しくなって……目覚めた」

「ふむ。それは、ただ悪い夢を見たというだけの話ではないかな」

「おいらもそう思ったけど、違ったんだ。その少し後で、床下から男の死体が見つかったっていう事件があったんだよ。目黒の方の話だけど」

「ああ、弥之助が何か言っていたな」

殺されていたのは、何の仕事をしていたのか分からない三十過ぎの男だ。金には困っていない様子だった。怪しげな者たちがよく家に出入りしていたということだったから、きっと良からぬことをして稼いでいたのだろう。殺されたのは仲間内で何らかの揉め事があったからではないか、というのが、弥之助が目黒の親分から聞いてきた話らしい。いまだに下手人は捕まっていないようだった。

「気になったから、おいらたち四人でその家に行ってみたんだ。もちろん今は空き家になっているけど、忍び込んでみたんだよ。そうしたら天井板がおいらの夢で見たのと同じでさ。おいらびっくりして、慌てて逃げてきた」

「そうそう、その時も思ったんだ、力が弱まっているって」横から新七が口を出した。「これまでなら間違いなく鼻の曲がるような臭いがするはずなんだけど、あの家に入った時は、かすかに嫌な臭いがするかもしれないな、というくらいだった」

「おいらもだ」留吉も口を挟む。「男の人が唸っているような声が、懸命に耳を澄ましたらようやく聞こえた。多分埋められた男の霊の呻き声なんだろうけど、前ならそんなのもはっきり聞こえたんだよなあ」

「待ってくれよ。どうしてまたおいらだけ仲間外れなんだ。おいらだけ、まったく力が弱まっていないじゃないか」

銀太がむっとした顔で叫ぶように言った。

天井板が夢で見たのと同じだと知って驚いた忠次は、慌てて空き家から逃げた。続けて新七と留吉も出てきた。ところが銀太だけはいつまで経っても出てこない。それで恐る恐る戻ってみたら、銀太は部屋の真ん中で足首を押さえて転げ回っていたのである。後で訊いたら、床から腕が伸びてきて銀太の足首をつかんだので、逃げようとして必死に振り解こうとしていたそうだ。

その腕を忠次は見なかった。やはり力が弱まっているのは確かなようだ。

「……ふむ。夢という形で見るようになったのか。はっきりと見るわけではないから、修業先で騒ぎを起こすことはなさそうじゃな。新七と留吉は明らかに力が弱まっているようだし、これはもう、心配しなくていいのかもしれない」

「あの、大家さん。おいらはどうなるんですか」

「銀太は……まだしばらく長屋にいるのだから放っておこう。様子見じゃ」

「ええぇ……」

どうしておいらだけ……と呟き、力ない足取りで銀太が歩き出した。励ますように銀太の肩を叩きながら、忠次と新七、留吉が後に続く。その四人の背中に吉兵衛の声がかかった。

「おい、お前たち。どこに行くつもりだね」

「祠へのお参りが終わったから、朝飯を食いに戻るんだけど……」

「まだ儂の話は終わってないよ。多分、ここから先の方が長くなる。お前たち……よくも堂々と空き家に忍び込んだ話ができたものだな。それはきつく禁じていたはずだ」

忠次ははっとした顔つきになり、それから首を竦めた。油断した。幽霊の見え方が変わったことを説明するのに一生懸命になり、思わず口を滑らせてしまった。

「四人とも、そこに並びなさい。いいかね、たとえ空き家といえども、そこは他所様のお宅なんだよ。そこへ勝手に忍び込むことは……」

周りを見ると、銀太、新七、留吉の三人がこちらを睨んでいた。忠次は小さい声で、「ごめん」と謝った。

三

「ううん、やっぱりどこにもいないなぁ」

通りかかりの道の脇に建っていた三軒長屋の縁の下を覗き込みながら忠次が言った。銀太も腰を屈め、縁の下の奥の闇へと目を向ける。

「よく見ないと、あいつは穴を掘ってそこに入る癖があるから」

「そうだなぁ」

縁側の上の戸が開き、怪訝そうな表情をした住人の顔が覗いたので、二人は慌てて立ち上がって逃げた。少し先を歩いている新七と留吉を追いかける。

「野良太郎のやつ、どこに消えたんだろうな」

追いついてきた二人をちらりと見ながら新七がそう言い、すぐに目を逸らして辺りを見渡した。留吉も同じような動きをしている。四人は手習を終えた後で、麻布界隈を回って野良太郎を捜しているところだ。

「ううん、見つからないな。もしかしたら麻布から出ちゃったのかもしれない」

「誰かいい人に拾われて、ちゃんと食い物を与えられているのならいいけど。しかし参ったなぁ。仲間が三人もいなくなって、さらに野良太郎まで長屋から消えてしまったら、おいら寂しくて泣いちゃうよ」

銀太は悲しそうな表情で呟いた。

「元気出しなよ、銀ちゃん。俺は親戚の家にちょっとの間だけ手伝いに行くだけだから、すぐに帰ってくるよ」

「新ちゃん……できるだけ早く戻ってきておくれよ」

「でも、世話になることになっている叔父さんは、俺に甘いんだよね。お父つぁんの弟なんだけど、元から優しい人だし、それに叔父さんが今やっている店を出す時にうちのお父つぁんも金を出したってこともあって、あまり俺に厳しいことを言わないんだ。それどころか行くたびに菓子をくれたりする。だから案外と居心地が良くて、家に戻るのが嫌になるかも」

「おおい、新ちゃん、勘弁してくれよ。おいら本当に寂しいんだからさ。手習だってこれからは一人で行くことになるし、それに……お師匠さんも替わっちゃったしさ」

忠次、新七、留吉の三人が今日まで通っており、銀太のみ明日からも通い続ける耕研堂（けんどう）という手習所では、これまで古宮蓮十郎（こみやれんじゅうろう）という浪人が男の子たちに読み書きを教えてきた。しかしそれは先月で終わってしまった。

耕研堂は元々、別の者が夫婦でやっており、二階で妻が女の子たちを、一階で夫が男の子たちに手習を教える形になっていた。しかし夫の方が体を悪くしたために、数年前に蓮十郎が雇われたのだ。しかしその夫の病も癒えたので、今年二月の初午より元の形に戻ったのである。

蓮十郎は子供たちに軽く別れの挨拶をしただけで、行く先も告げずに去っていった。

「古宮先生、どこにいっちゃったんだろうなぁ……」

「誰かいい人に拾われて、ちゃんと食い物を与えられているのならいいけど」

扱いが野良太郎と同じになっているが、もちろん師匠として子供たちは古宮蓮十郎のことを尊敬している。しかし蓮十郎の見てくれがいかにも尾羽打ち枯らした、みすぼらしい浪人者といった風情なので、ついこういう物言いになってしまっただけである。

「忠ちゃん、新ちゃん、留ちゃん、野良太郎、そして古宮先生。急に四人と一匹もいなくなるなんて、寂しいな……」

「銀ちゃん、それだけじゃないよ」

打ちひしがれる銀太へ追い打ちをかけるように留吉が声をかけた。

「溝猫長屋からもう一人、蕎麦打ち名人の鉄さんも出ていっちゃうらしいんだよね。ほら、近頃姿を見ていないだろう」

「鉄さんなら今、お伊勢参りに行っているって話だけど」

「そう。今はそれで長屋にいないんだけど、戻ったらすぐに芝の神明町に自分の店を出すことになっているそうなんだよ」

「本当かい」

鉄という男は、蕎麦を打つことに関しては間違いなく名人なのだが、喧嘩っ早くてすぐに勤め先を辞めてしまい、これまであちこちの店を渡り歩いてきた人物である。腕がいいので仕事先に困ることはなく、そのため四十近くになった今まで、ずっとふらふらとしてきた。それがいよいよ自分の店を持つらしい。

「前においらたちも行ったことがある、汁粉屋だった場所だ。あそこで蕎麦屋をやるらしいよ」

「そうか、鉄さんも出ていくのか。暇な時はよくおいらたちと遊んでくれた人だけに残念だよ。なんか、おいらの周りから急に人が去っていっちゃうな」

「子供というものは、別れを繰り返すことでいつしか大人へと変わっていくのだろう」

新七がぼそりと呟いた。銀太が目を凝らし、そんな新七の背中の辺りをじろじろと見た。

「どうしたんだい、銀ちゃん」

「いや、新ちゃんはたまに年寄り臭いことを言うからさ。もしかしたら本当に爺さんの霊が後ろにいるんじゃないかと思ったんだよ。おかしいなぁ、何も見えない」

「それは良かった。俺も時々、年寄りに取り憑かれているんじゃないかと思うことがあったんだけど、銀ちゃんが見えないなら違うみたいだな」

「まだ分からないよ。たまたまおいらには分からないだけなのかもしれない。忠ちゃんにも見てもらって確めないと。近頃は力が弱まっているって言っていたけど、よく見れば分かるかもしれないよ」

銀太はそう言って忠次を見た。さっきからひと言も発していないので、懸命に野良太郎を捜しているのかと思っていたが、そうではなかった。忠次は口をぽかんと開けて、道の脇に建っている平屋の家の屋根を見上げていた。猫ではないのだから、もちろんそんな所に野良太郎がいるはずがない。

「どうしたんだい、忠ちゃん」

不思議に思って銀太が訊くと、忠次はその家の屋根を指差した。

「うん……なんか、この屋根を見たことがある気がするんだよね。家の裏の方に庭があるのかな、大きな木が生えているだろう。この平屋の屋根越しにその木を見た覚えもあるんだよ。でも、いつだったか思い出せないんだ」

「何かの用があって来たんじゃないの」

この辺りは竜土町だ。同じ麻布界隈なので、通りかかることもあるだろう。そう思って銀太は訊ねたが、忠次は首を振った。

「いや、大きな通りはたまに通るけど、ここはそこから脇に入った道だろう。もしかしたら小さい頃に来たことがあるのかもしれないけど、少なくともここ数年は通ったことがない道だ。だけど、そのわりにはよく覚えているんだよね。多分、ごく最近見たはずなんだ」

「それは気のせいだよ、忠ちゃん。そもそもさ、おいらたちは今、家の少し横から見ているから裏の木が見えるけど、正面に立ったら見えなくなると思うよ。忠ちゃんは屋根越しにあの木を見た覚えがあるって言った。そうなると……」

銀太は道の反対側を向いた。そこには二階建ての商家があった。もう今は商売をやっていないのか表戸が閉じられているが、通りに面した二階の窓は開いている。その窓を指差しながら銀太は言った。

「あの窓から表を見たってことになってしまうよ。もし最近この家に入ったことがあるなら、さすがにそれは覚えているんじゃないかな。だから、やっぱり気のせいなんだよ」

「ううん、そうか……確かに銀ちゃんの言う通りだな。ごめん、余計なことで立ち止まらせちゃって。そろそろ日が暮れるから、野良太郎を捜しながらうちの方へ戻るとしようか」

忠次は他の三人に謝り、それから辺りを見回しつつ溝猫長屋のある宮下町（みやしたちょう）の方へ歩き出した。その忠次を、後ろから新七が引き留めた。

「ちょっと待ってよ。忠ちゃん……もしかして、夢で見たんじゃないのかい」

「うん？」

忠次は足を止めて振り返った。

「殺されて床下に埋められた男の時のようにさ、今回も夢という形で忠ちゃんは見たのかもしれない」

「ああ、言われてみればそうかもしれない……いや、思い出してきたぞ。そうだ、夢で見たんだ。しかも、今朝父ちゃんに起こされる前に見ていた夢だ」

忠次は開いている商家の二階の窓と、向かいに建っている平屋の屋根を交互に見た。

「うん、間違いない。はっきりと思い出した。あの二階には、部屋が二つあるんだ。それでおいらは、ちょうど部屋と部屋の間の敷居（しきい）の上の辺りに立って、あの窓から外を眺めている。今、おいらって言ったけど、実は目の高さがいつもより上なんだよね。だから、見ているのはおいらじゃなくて、かなり背が高い大人だと思う」

「つまり、床下に埋められた男の時と同じだ。忠ちゃんは別の人が見た景色を、夢という形で見せられたのかもしれない」

新七は二階の窓を見上げながら顔をしかめた。考えていることは分かる。多分、あの部屋でも人死にがあったのだ、と思っているのだろう。

銀太も開いている窓を見た。もしあそこで死者が出ており、幽霊となってこの世をさまよっているのなら、自分には何か見えるはずだった。

「どうだい銀ちゃん。いるかい？」

「いや、ここから見える限りでは、誰もいないよ。でも下から見上げているからね。ほとんど天井しか目に入らない。もっと奥の方が見えれば、あるいは……」

「確かめてみようか」新七が、忠次の方へ顔を向けて言った。「忠ちゃんが夢という形で見たのはまだ一度だけだからね。これでもしあの部屋に幽霊がいたら、間違いなく見え方が変わったんだと分かる」

「だけど、ここは空き家みたいだよ。今朝、大家さんから叱られたばかりなのに……」

「二階の窓が開いているから誰かいるんじゃないかな。声をかけてみようよ。もし留守だったら、素早く二階を覗いてくればいい。誰かに見咎められたら、二階の窓から手拭いが落ちてきたから届けに来たんだとか、何か適当に言い訳すればいいよ」

「ううん……それでも大家さんにばれたら叱られると思うよ」

「平気さ。なぜなら俺たちは明日で溝猫長屋を離れるから。もし叱られるとしても……」

新七と忠次、そして黙って二人の話を聞いていた留吉の目が、一斉に銀太へと向けられた。

「言われてみればそうだね。じゃあ、行こうか」

三人はあっさりと決意を固め、二階建ての商家の方へ歩き出した。

「ちょっと三人とも、それはあまりにも酷いよ。おいらたちは生まれた時からずっと一緒だったじゃないか」

銀太は文句を言いながら、三人の後について行った。

「……ふむ、履物は置かれていないな」

商家の裏口から中を覗いた新七が、土間を見渡しながら言った。

すでに何度も家の中に声をかけている。しかし一向に返事はないし、何かが動くような気配もない。留守であるのは間違いないようだ。

「履物どころか、そもそも物がほとんどないみたいなんだけど」

新七の右隣に立っている留吉が、家の奥を見透かしながら言う。

「そうだね。特に店の方は空っぽだ。もう商売はしていないようだね」

新七の左隣に立っている忠次が頷いた。

裏口の方から見ているので、一番奥が通り沿いの店の土間になる。そこには商売の品が何一つ置かれておらず、がらんとしていた。その手前に部屋が一つあるが、そこにも家財道具のような物は見えず、広々している。そしてさらにその手前が銀太たちのいる裏口だ。狭い土間があるが、端の方に桶や柄杓（ひしゃく）、箒（ほうき）などが転がっている。この家の一階に置かれている物はそれだけだ。

「やはり空き家なのかな。閉め切っていると家が傷むから、それで二階の窓は家主か誰かが開けに来たのかもしれない」

新七はそう呟きながら、鼻をくんくんと動かした。横で留吉も、耳の後ろに手を添えて懸命に音を探っている。

「ううむ、かすかに嫌な臭いがしなくもないんだよな」

「おいらの方は、ぎしぎしという、何かが擦れるような音が聞こえる気がする」

「それって、お化けとは関わりがないんじゃないかな。おいらも妙な臭いを嗅いでいるし、音も聞こえているよ」

「そうか。忠ちゃんは見えるだけなんだから、それを感じるのは変だな。するとこれは実際にある臭いや音なのか」

新七が家の中に足を踏み出した。空き家らしいと言ってもまだ綺麗なので、ちゃんと履物を脱いで上がる。その後に留吉と忠次が続いた。

三人は部屋の隅にある梯子段の下に立ち、並んで二階を見上げた。それからお互いの顔を見合わせて頷き合い、忠次を先頭にしてゆっくりと梯子段を上がっていった。

――ふうむ、相変わらずおいらだけ蚊帳の外なのか。

裏口の土間に立って二階に向かう三人の背中を見ながら、銀太は、ちっ、と舌打ちをした。今、最も幽霊が分かる力が強いのはおいらだ。それなのに置いていきやがった。これまで銀太だけが何も感じないという場合が多かったから、仲間外れにするのが習い性みたいになっているらしい。まったく腹が立つ。

——しかし、夢の中で見るという形に変わったという忠ちゃんの話は本当みたいだな。

羨ましい話だ、と思いながら銀太は目を梯子段から部屋の真ん中の方へと移した。忠次には見えなかったようだが、そこに一人、男が佇んでいる。

三十代後半から四十手前くらいの男だ。梯子段を上がっていく忠次たち三人の姿を目で追っているが、その眼差しは静かだった。危ない感じは受けないので、銀太も三人には特に何も告げなかった。

——だけどこの人、背はあまり高くないよなぁ……。

忠次は夢の中で、自分の目より高い場所から窓の外を眺めていたらしい。だからかなり背の高い大人の目を通して見たのだろうという話になったのだが、部屋にいる幽霊はとても小柄な男だった。

——それでも子供よりは高いけど……どうなのかなぁ。

考えていると、男が首を巡らして銀太の方を向いた。相変わらず静かな目をしている。

男は銀太と目を合わせると、ゆっくりと頭を下げた。思わず銀太もお辞儀をする。

銀太の頭の中に「後始末をよろしく」という声が響いた。驚いた銀太が顔を上げると、男の姿はもうそこになかった。

「うわわわあああぁぁぁ」

二階から叫び声が降ってきた。ほぼ同時に、忠次たち三人が梯子段を転げ落ちてくる。こちらも「降ってきた」という言い方をした方がしっくりくるような勢いだった。

「出た、出た、出たんだよ、銀ちゃん」

新七が上ずった声で告げる。

「おおお、おいらにも見えた。ななな、なぜか見えた」

留吉も震える声で言った。

「何だよ、夢で見るだけになったんじゃないのかよ」

忠次が泣きそうな顔で文句を垂れた。

三人はどたどたと足を踏み鳴らしながら裏口まで走ってきて、履物を手に持って裸足(はだし)のまま表へ飛び出していった。

「ちょっとみんな落ち着いてよ。忠ちゃんはともかく、新ちゃんと留ちゃんが見るのはおかしいんじゃないの？」

通りの方へ逃げていく三人に向かって銀太は声をかけたが、返事はなかった。

――仕方ねぇなぁ……。

首を振りながら銀太は家の中に足を踏み入れた。のんびりと梯子段を上がる。

二階にはふた部屋あるが、梯子段を上がりきった所はそれとは別の狭い板の間になっていた。襖が立ててあって、そこを開けるとその向こうに部屋が二つ縦に並んでいる、という具合だ。

忠次たちが覗いたので、今はその襖が開いていた。銀太はそっと覗き込んだ。

――うん、やっぱりそうだったか。

二つある部屋の間を仕切っている襖は開け放たれており、通りの方から見た窓まで見通せた。多分そこからの眺めは忠次が夢で見た、平屋の家の屋根越しに裏の木が見える景色なのだろう。しかし今は、途中に遮るものがあるのでよく見えなかった。

二つの部屋の間の鴨居に縄をかけて首を吊った男がぶら下がっていたのである。

留吉や他の者が聞いた、ぎしぎしという音は、鴨居と縄が擦れる音らしかった。開いた窓から風が入ってくるので、かすかであるが男は揺れていた。

そして妙な臭いは……と考えながら銀太はぶら下がっている男の足の下を見た。踏み台にしたと思われる木箱が転がっており、その周りの敷居や畳が濡れていた。恐らく死んだ後だろうが、小便を垂れ流したようだ。

――まあ、これくらいは何てことないよな。

こちら側からでは男の背中しか見えない。銀太は部屋の中に足を踏み出し、男の正面へと回った。思った通り、一階で見たあの小柄な男だった。

男は窓の外の景色を眺めながら首を吊ったのだろう。忠次が見たのはその時の風景だ。だから目の場所が高かったのだ。

――それにしても、本物の死体とお化けを間違えるとは……。

あの三人だって何度も死体や幽霊を見ている。そろそろ慣れてもいいと思うんだけどな、と呆(あき)れながら、銀太は男の死体に向かって手を合わせた。

四

「忠次、新七、留吉……お前たち三人は今日でこの長屋とお別れなんだよ。この後、忠次は桶職人の親方の許へ、新七は親戚の家へ、留吉は浅草の呉服屋へと向かい、それぞれの道を歩み始めるという、門出の日なんだ。それなのに、どうしてこの一年間繰り返してきた説教をまたしなくてはならないんだよ」

嘆くような口調で吉兵衛が言った。

早朝の、お多恵ちゃんの祠の前である。銀太を除く三人は、これが最後のお参りだ。それを終えたところで、いつものように吉兵衛の話が始まってしまった。

「勝手に空き家に入ってはいかんと何度も言っているだろう。昨日も言った。ところがお前たちはその日のうちに空き家に忍び込んだ。もうね、儂は呆れて言葉もないよ」

それなら黙っていればいいのに、と銀太は当然のように思ったが、もちろん口には出さなかった。そんなことを言ったら、それこそ自分の方が「黙っていれば良かった」という目に遭ってしまうからだ。明日からたった一人で、吉兵衛の説教の続きを聞かされる羽目になりかねない。何も言わないのが吉だ。

「お前たちのお蔭で首を吊った男が早く見つかったということはある。遅くなっていたら腐ってしまい、酷いことになっていただろうからね。その点はまあ、褒めてやらなくもない。だが、それと空き家に忍び込んだのとは別の話だ。これまでは迷惑がかかるのは親や、親と同然と言える大家の儂だったからまだ良かった。しかしこれからお前たちは、他人の家に世話になるのだよ。ただでさえ厄介になっているんだ。その上さらに迷惑をかけることになったら、それはもう大変なことなんだよ。下手をしたら働き先を追い出されて……」

吉兵衛の口からつらつらと言葉が出てくる。見事だ。あまりにも淀みがなさすぎて、言葉が右の耳から左の耳へと抜けていってしまう。銀太は飽きてきたので、吉兵衛にばれないように目だけを動かして周りを見た。

相変わらず猫たちがうろうろしている。長屋の屋根の上から茶虎の四方柾が見下ろしているし、井戸のそばでは三毛猫の釣瓶がのんびりと毛繕いをしている。説教をしている吉兵衛の足下にいるのは雌猫の手斧だ。

お多恵ちゃんの祠を囲むようにして、蛇の目、弓張、菜種、それから玉がいた。吉兵衛の背後に見える路地の向こうの方で追いかけっこをしている、花巻としっぽく、あられの姿も見えた。今、銀太の目に入るのはそれだけだが、羊羹と金鍔、それに柄杓の姿もさっきまではあった。

「……あれ？」

銀太は思わず声を漏らしてしまった。筮竹と柿、石見の三匹がいない。

四人の男の子たちが昨日の首吊り男の件で吉兵衛から叱られるのは二度目である。実は昨日も説教を食らっているのだ。男が死んでいると番屋に知らせ、色々と話を聞かれている時に迎えにきたのが吉兵衛で、そのままこのお多恵ちゃんの祠の前まで連れてこられて長々と話を聞かされた。思い起こすと、その時にも笹竹と柿、石見の姿はなかった気がする。

早朝の今はどこか別の場所でうろうろしているということも考えられるが、昨日は違う。晩飯時が終わる頃まで銀太たちは説教を受けていたのだ。晩飯の残り物を貰うために、必ずすべての猫が集まってくるはずだった。三匹がいないのはおかしい。

「なんだね、銀太。儂の話の途中なんだよ。妙な声を出すんじゃない」

「いや大家さん、大変だよ。笹竹と柿と石見がいなくなっちゃった」

「ああ、そのことか……」

吉兵衛は言葉を止め、辺りにたむろしている猫たちを見回した。それから目を子供たちの方へ戻し、再び口を開いた。

「昨日は説教することに夢中になって、そのことを告げるのを忘れていたな。実はな、三匹はそれぞれの名付け親の許へ貰われていったんだよ。お前たちが手習に行っている間にな。まあ、儂が無理やり押し付けたというのが本当のところなんだが」

溝猫長屋にいる猫たちの名は、住んでいる住人たちが付けたのだが、それぞれの仕事の道具や商品などにちなんだものになっている。例えば将棋盤や駒を作る職人である銀太の父親が付けたのは四方柾と玉、油屋である留吉の父親が付けたのは菜種、といった具合だ。

　筮竹は八卦見を仕事にしている者が、柿は屋根職人が、そして石見は鼠取りの薬である石見銀山を売り歩く商売をしている男が名付けた。それぞれの人は、今はこの長屋を出て別の所へ引っ越していたが、どうやら吉兵衛はそこを訪ねて猫を置いてきたらしい。

「例の旗本屋敷の一件以来、お多恵ちゃんの祠が空っぽになったみたいだろう。儂は、ここにいる猫たちも何らかの形で祠の力を受けていたように感じるんだよ。それが今はなくなり、何というか、ごく当たり前の猫に戻ったような気がするんだ。それなら何も十六四もここに集まっていることはない。放っておいてこれ以上増えても困るしな。そこで、もし可愛がってくれる人がいれば飼ってもらった方がいいのではないか、と儂は思ったんだよ。この後もまだ、貰ってくれる人を探し続けるつもりだ」

「はあ……」

　吉兵衛の言うことも分かる。しかし、忠次と新七、留吉が長屋を去り、手習師匠の古宮蓮十郎と野良犬の野良太郎もどこかへ消え、その上さらに猫たちまで減っていくというのは物凄く寂しい、と銀太は力なく溜息を吐いた。

「銀太、お前だっていずれはこの長屋を出ることになるんだ。その先にも様々な別れが待ち構えている。人生とはそういうものだ。いちいち挫けていては駄目なんだよ。しっかりと前を向いて、今の自分がしなければならないことを一つ一つ片付けていくんだ……と、いうことで話の続きだ。下手をしたら働き先を追い出されて、仕事も持たずにふらふらと遊び歩いているような大人になる。そうなると博奕に手を出すかもしれないな。そして金に困り、どこかで借金をする。それを元手に博奕で増やそうとするが、勝てるはずもなく借金が増える。そしてとうとう首が回らなくなり、鴨居に縄をぶら下げて……となる。儂はお前たちにそんな人生を送ってほしくないんだよ。だからこうして厳しく当たっているんだ。多分、昨日お前たちが見つけた男もそんな感じで……」

「いやいや、さすがにそれは言いすぎですぜ、大家さん。確かに借金はあったようですが」

路地の方から声が聞こえてきた。そちらに目を向けると、弥之助親分が眠そうな顔でだらだらとやってくるところだった。足下で花巻、しっぽく、あられの三匹がじゃれついているので歩きにくそうだ。

「床下に埋められた男の方なら、悪い仲間と付き合っていたようだから、きっと大家さんの話に近い人生を送ったことでしょう。しかし昨日の首吊り男は違う。あれは耕三郎(ざぶろう)って男で、ずっとあそこで蠟燭屋(ろうそくや)をやっていたんです。だから決して遊び歩いていたわけではない。しかし商売の方があまりうまくいかず、それで借金をしたようです。不幸なことにあまり筋の良くない所から借りたみたいですね。取り立てが厳しかったらしい。家財道具どころか商売道具まで売り払って金を作ったが、そのために肝心の仕事の方が立ち行かなくなって……」

弥之助は路地を出ると、まっすぐお多恵ちゃんの祠へと向かった。その前で首を垂れ、静かに手を合わせる。

「なるほど、それで首を吊ったというわけか。気の毒と言えないこともないな」

弥之助の足下を離れた花巻たち三匹の猫が自分の方へ来たので、それを気にしながら吉兵衛は言った。

「しかし、そもそもそんな借金をする羽目に陥ったのが間違いなんだよ。いいかお前たち。そうならないよう真面目に働いて、商売について覚えたり、しっかりとした技を身につけたりしなければいけない。だから働き先を追い出されるようなことをしては駄目なんだ。真面目にして、店主や親方の言うことによく耳を傾けなければいけない。ところがお前たちは、勝手に空き家に忍び込んではいかんと儂が何度も言っているのに……」

説教が振り出しに戻った。うんざりした顔で銀太は横目で他の子供たちを見る。やはりみな、同じように顔をしかめていた。

「まあまあ大家さん。長屋を出る忠次たちは色々と支度があるでしょうから、あまり長くならずに帰した方がいい」

祠へのお参りを終えた弥之助から助け船が出た。子供たちが一斉にほっと安堵の息を吐く。

「それに私からも伝えておきたいことがあるんです。忠次と新七、留吉の三人が長屋を離れるという時に、驚くべきことが巻き起こりましてね」

「なんだね、それは。言っておくが弥之助。儂も長く生きているからね。ちょっとやそっとのことでは驚かないよ。それは儂だけじゃなく、ここにいる子供たちも同じだ。幽霊やら死体やらを何度も見てきているからね」

子供たちは頷いた。幽霊や死体にすっかり慣れてしまった銀太はもちろん、その辺りはまだ怪しい忠次たちも、実際に目の当たりにするのではなく、聞くだけならばどんな話にも動じない自信があった。

「そう言ってくださると、こちらも安心して話せます。あまりにびっくりして大家さんが腰を抜かしたらどうしようかと思っていたのですが……」

「ふん、見くびってもらっては困るな。余計な心配はせずに話しなさい」

「そうですか。それでは……ええと、話はお紺ちゃんのことなんですが」

お紺とは、隣町にある菊田屋という質屋の一人娘の名だ。年は銀太たちより四つ上なので、今年で十七になった。とても可愛らしい顔立ちをしており、さらに近頃では大人の色香まで漂わすようになって、町を歩くとすれ違った男どもがみなうっとりした顔で振り返るという、菊田屋自慢の箱入り娘である……と、自分で言っている娘である。

十七になった菊田屋の娘、というのは本当だが、それ以外はもちろん嘘だ。箱入り娘などではなく、箱に入れようとしても勝手に出てあちこちほっつき歩いてしまう娘なのである。しかもたいていは「怖い話」を求めてさまよっているので、そのために溝猫長屋の子供たちは何度も酷い目に遭わされている。

それに百歩譲って可愛らしい顔立ちだというのは認めてもいいが、大人の色香などは断じてない。間違ってもない。露ほどもない。逆さにして振っても出てこない。

「……ああ、念のため先に言っておきますが、お紺ちゃんが危ない目に遭ったとか、そういう話ではありません。怪我もしていないし、病にも罹っていない」

「ふむ。そうなると、お紺が何かしでかして、周りが迷惑したということかな。それなら驚くようなことは何一つない。いつものことだ。弥之助、安心して続きを聞かせなさい」

「本当にびっくりしないでくださいよ。実は……お紺ちゃんに縁談話が持ち上がっているらしいのですよ」

「なんだとっ」

吉兵衛は叫んだ後で胸の辺りを押さえ、「ううう」と唸りながら蹲った。子供たちは腰を抜かし、揃ってその場にへなへなと尻もちをついた。その動きに驚いた猫たちが、一斉に近くの床下や木の陰に隠れた。てんやわんやだ。

「大家さん……医者を呼びましょうか」

「あ、いや、その心配はない。ちょっと油断しただけだよ。思ってもみないことだったのでね」

「少し家で休まれた方が……」

「う、うむ。そうじゃな。今日は留吉と一緒に浅草までいかねばならんからな。休んでおいた方がいいだろう。なに、少し横になっていれば元に戻る。しかし、あのお紺に縁談とはね。よくよく考えてみればお紺も十七じゃからな。そんな話の一つや二つ舞い込んできても不思議はない。だが……むうう」

ふらふらと立ち上がった吉兵衛が、弥之助に肩を貸されながら自分の家の方へと戻っていく。どうやらこれで説教は終わりらしい。

「大家さん……平気かな」

腰を抜かして呆然としていた子供たちのうち、初めに正気に戻った留吉が立ち上がりながら呟いた。

「達者なように見えても年寄りだからね。あまりびっくりさせない方がいいのだろう。おいらも気を付けなきゃ」

銀太も立ち上がる。続いて新七も、尻に付いた土埃を手ではたきながら腰を上げた。

「大家さんは『気苦労の人』だから、一度にいろんなことを考えちゃったんだと思うよ。しかも悪い方、悪い方へとね」

「どういうこと?」

最後に忠次が、ゆっくりと立ち上がりながら新七に訊ねた。

「もしお紺ちゃんの縁談相手が素性の悪い男で、菊田屋の財産目当てに近づいてきたのだとしたら大変だ。お紺ちゃんが不幸な目に陥ってしまう。一方、もしとても生真面目で世間ずれのしていない人が相手で、お紺ちゃんの表側の様子だけ見て『ああなんて気立てのいい娘なんだ』と誤解したとしたら……今度は相手の男が気の毒なことになる」

「ううん、確かに」

いずれにしろ誰かが痛い目に遭うことになりそうだ。

「でも、もしかしたらお紺ちゃんの真実の姿を見た上で、それでもいいという相手かもしれないし……」

「そんな人がおいそれと現れるとは思えないな」

相当広い度量を持っていないとお紺の相手は務まるまい。しかし、そのような者なら引く手あまただろう。わざわざお紺などと縁談する必要はない。

「うむ、お紺ちゃんの縁談話の行く末は気になるな。相手がどういう人かすぐにでも見に行きたいが……俺は今日から内藤新宿にある親戚の家へ行くから無理だ。もちろん忠ちゃんも、桶職人の親方の家に修業に入るわけで……ええと、場所はどこだったかな」

「駒込の方だよ。おいらの父ちゃんが世話になっている親方の兄弟子だったたって人の所だ」

「遠いな。留ちゃんの奉公先も浅草だから離れているんだよね。呉服屋か。屋号はなんて店だったっけ」

「ごめん、実はおいらも聞いていないんだ。親戚がやっている油屋に行くつもりだったのに、急に大家さんが話を決めてきたからさ。ちょっとびっくりして聞きそびれちゃった」

「とにかく浅草にある呉服屋で今日から奉公を始める、と。つまり、俺たちは三人とも忙しくなるわけで、とてもじゃないがお紺ちゃんの縁談について調べることはできない。そうなると、残された道は……」

新七、忠次、留吉の目が一斉に銀太へと向けられた。

「……おいら一人だけで動くことになるのか」

「すまないが銀ちゃん、そういうわけなので頼むよ」

また自分だけ仲間外れだ。銀太は少しだけむすっとした顔つきをしたが、すぐに元に戻った。さすがに今回は仕方がない。他の三人は働きに出るのだ。

「お別れの日だというのに、とんでもないことが巻き起こっちゃったもんだな」

「うん、これまでの幽霊騒動をはるかに上回る大きな出来事だよ。お紺ちゃんの縁談は」

「そうだなぁ。とにかくおいらが調べてみるから、何か分かったら知らせに行くよ」

他の三人と顔を見合わせて頷き合った後で、銀太は早朝の春の空を見た。お紺がらみの件だけに、一筋縄ではいくまい。きっと何か酷い目に遭いそうな気がする。ただ、たちの悪いお化けだけはお願いだから出てこないでくれよ、と東の空に顔を出したお天道様に向かって心の中で祈った。

縁談相手の二人　その一

一

角に建っている家の陰から首だけ伸ばして、銀太は小竹屋という質屋を覗き見ている。

四谷伝馬町の路地を入った先にある、こぢんまりとした店だ。この辺りは武家屋敷も多いので客は侍が多いのかと思っていたが、銀太が見守っていた限りでは職人や振り売りと思われるなりをした者が二、三人訪れただけだった。

銀太は質屋の商売というものがどういう風なのかよく知らないので、繁盛しているのかどうかは分からなかった。ただ、店の構えや出入りする客の様子から、あまり儲かってはいなそうだなと感じながら店を眺めていた。

　ここ数日の間、銀太は吉兵衛や弥之助親分、さらにはお紺の家である菊田屋へまで足を運んで、お紺の縁談について詳しく調べ回ってきた。当のお紺は何も喋ってくれなかったが、父親の岩五郎が今回の縁談話にはかなり乗り気なようで、聞いてもいないことまで教えてくれたので助かった。

　そこでまず分かったのは、ほとんど同時に二人の相手からお紺へ縁談が持ち込まれたということだった。

　一人は銀太が今、熱心に店の様子を窺っている小竹屋の倅だ。年は二十一、名は杢太郎というらしい。長男であるが、店は弟に継がせて杢太郎の方を婿に出すという話になっているそうだ。どうしてそうするのかまでは、銀太は聞いていない。とにかく、その婿入り先として選ばれたのが菊田屋というわけだ。

　そしてお紺の相手として名乗りを上げたもう一人の方は、大松屋という質屋の倅の文次郎という男だった。この大松屋はここから遠く離れた深川にある。

　文次郎の年はやはり二十一歳だが、こちらは次男で上の兄がすでに店を継いでいるという。そうなると文次郎は自分で店を出すか、どこかへ婿入りするかしなければならないが、選んだのは後者の方だ。白羽の矢を立てたのが菊田屋だった。

跳ねっ返りで手を焼いている娘のお紺に、まさかほぼ同時に縁談が持ち込まれるなんて岩五郎は思ってもいなかったようだ。銀太が会いに行った時、岩五郎はちょっと浮かれた感じだった。お蔭で色々と話を聞き出すことができたわけだが、少々薄気味悪かった。

しかし、大事な一人娘の相手だけにしっかり見極めねばならないとは岩五郎も考えているようで、すぐにどちらかに決めるつもりはないみたいだった。じっくりと半年くらいかけて選ぶつもりらしい。つまり両天秤にかけているのだ。その間に先方がお紺の人となりを知って、向こうから断ってくるようなことにならなければいいが、と銀太は思ったが、もちろんそんなことは言わなかった。

ちなみに銀太が菊田屋へ行った時、お紺は家の中で大人しくしていた。今回の縁談については、浮かれた岩五郎があちこちで喋っているせいで近所中の人たちの知るところとなっている。もしそれで二つの縁談の両方ともが壊れることがあったら、さすがのお紺といえども恥ずかしいようだ。だからお紺は、襤褸を出さないように自ら箱の中へ入ったらしかった。

――でも、半年くらいかかるとなるとお紺ちゃんも我慢できないだろうな。

恐らく、ひと月も経てばまたふらふらと出歩くようになるに違いない、と銀太は苦笑いを浮かべた。そうして縁談相手とばったり町で出会ったりしたら面白いことになりそうなのに、と意地の悪いことを考えて、一人にやにやした。

——それにしても、ずっと待っているのに杢太郎という人は現れないな。

改めて小竹屋へとじっと目を注いだ。かなり長い間、人の出入りが途絶えている。あまりにも動きがないから、ちょっと店の前を歩いてこようかな、と考えた。

実はこうして陰に隠れて覗いているばかりではなく、銀太は何気ない風を装ってすでに五、六回は小竹屋の前を行ったり来たりしていた。そうして中を覗いても、いつも五十手前くらいのくたびれた男が帳場に座っているだけだった。多分、杢太郎の父親だろう。目当てである杢太郎らしき男の姿はどこにもなかった。

——もう一回だけ店の前を行き来して、それで駄目だったら今日は諦めようかな。

銀太は空を見上げながらそう考えた。今日はこの後、内藤新宿にいる新七の元へ寄ろうと考えていたのである。お紺の縁談についてこれまでに分かったことを話すためだ。まだ日が短い時期なので、のんびりしているとあっという間に夕暮れになってしまう。あまり遅くなる前に向かいたい。

銀太は建物の陰から出て、小竹屋の方へ歩き出した。店の前を通り過ぎながら横目で中を覗く。帳場にいるのはやはり杢太郎の父親と思しき、くたびれた男だけだった。

少し先まで歩いたところでくるりと踵(きびす)を返し、再び小竹屋の方へ戻る。これで最後だからしっかり確かめないと、と銀太は足の動きを緩めて、のろのろと進みながら店の中を窺った。しかしそうすぐに変わるはずもなく、やはり杢太郎らしき人の姿はなかった。

——仕方がない。このまま内藤新宿へ行こう。

足を速めて歩き続け、さっきまで隠れていた家の横まで来た。勢いよく角を曲がる。

「おい、小僧」

いきなり目の前に背の高い男がいた。止まる間もなく銀太はその男にぶつかった。

「あ、ごめんなさい」

銀太はすぐに謝り、慌てて後ろに下がろうとした。ところがその首根っこを男につかまれ、軽く足が浮くくらいまで持ち上げられてしまった。

「痛いよ、何するんだよぉ」

「おい小僧。お前はさっきからずっとあの店の様子を窺っていたな。いったい何のつもりだ」

「知らないよ。おいらはたった今この道を通りかかったところで……」

「嘘を吐くんじゃない」

　男は銀太へと顔を近づけた。吊り上がった眉の下に光る鋭い目で銀太を睨みつける。震え上がるほどおっかない顔をしていた。まるで鬼みたいだ。

「俺はな、隠れて店を覗き見ているお前を、ずっと後ろから見ていたんだ」

「へえ……おじさん、暇だね」

「おじさんじゃねぇ。こんな顔だから年よりも老けて見えるかもしれんが、俺はお前が思っているよりもずっと若いんだ……まあ、俺の顔のことはいい。小僧、正直に言え。お前はどうしてあの店を見ていたんだ」

「そ、それはその……」

　あの店の息子の杢太郎に縁談話が持ち上がっており、自分はその縁談相手になっている娘の知り合いなので、杢太郎のことを調べに来たのです……とはさすがに言えない。この怖い顔の男の素性が分からないからだ。しかしこの場を逃れたいので、銀太はとっさに嘘を吐いた。

「おいらはあそこの、杢太郎さんという人と知り合いで……」

「だから、嘘を吐くんじゃない。何度も同じことを言わせるな」

「本当だよ。神様仏様に誓って嘘じゃないよ」

「俺がその杢太郎なんだが」

「ほえ？」

あっさりと嘘がばれた。銀太は心の中で謝った。神様仏様ごめんなさい。おいらはあなた方を下手な嘘のための出しに使いました。

「小僧、もう一度だけ訊ねる。痛い目に遭いたくなかったら素直に言うんだぞ。お前はどうしてあの店を覗いていたんだ」

本人が相手ならなおさら正直には言えない。銀太は困り果てた。杢太郎はそんな銀太へとさらに顔を近づけて、じっと目を覗き込んだ。

脅しのためだろう。顔が怖いだけに、それはとても効き目があった。銀太は蛇に睨まれた蛙のように動けなくなった。思わず泣きそうになる。

もう駄目だ、洗いざらい白状しよう……と銀太は口を開きかけた。ところがその時、杢太郎が「ふん？」と唸って、銀太を持ち上げていた手を離した。

銀太はどさりと尻もちをついた。頭の上から杢太郎の声が聞こえてくる。

「お前みたいな餓鬼は、あまり遅くまでうろうろしない方がいいな。どこに住んでいるのかは知らんが、明るいうちにさっさと家に帰れ」

杢太郎は座り込んでいる銀太の横を通り過ぎ、小竹屋の方へ歩き出した。その姿を目で追っていると、銀太の方へまったく目を向けることなく、杢太郎は店の中へと入っていった。

なぜだかは分からないが、とにかく助かった。あいつが引き返してこないうちに……と銀太は急いで立ち上がり、酷い目に遭ったと尻をさすりながら内藤新宿へ向かって駆け出した。


「……そうなると銀ちゃんはもう、小竹屋へは行かない方がよさそうだな」

銀太から話を聞いた新七がそう言って、うんうんと小さく頷いた。

新七が世話になっている店の前である。軽く手伝いをするだけだと言っていたが、それは本当らしい。銀太が訪ねていくと新七はすぐに出てきた。特に忙しく働かされているわけではないようだった。

「小竹屋のある四谷伝馬町はここから近いから、俺も覗きに行ってみるよ。その杢太郎って人はなかなか面白そうだ。一度はお目にかからないとな。それともう一人の縁談相手の、文次郎という人がいる大松屋は深川にあって遠いから……そっちにも俺が行こう。銀ちゃんはまだ手習に通っている。さすがに終わってから深川まで行くのは大変だろう。俺の方は、前もって叔父さんに断っておけば朝から出かけても平気なんだ」

「新ちゃん……なんか、溝猫長屋にいる時よりものんびりしている感じだね。羨ましいよ」

「ここの店主は叔父に当たる人なんだけど、俺には甘いって前に言っただろう。掃除とか片付けとか、本当に軽い手伝いしか頼まれないんだよ。確かに楽だけど、忠ちゃんや留ちゃんのことを思うと少し気が咎めるかな」

忠次は職人の修業をしているのだから、きっと厳しく扱われていることだろう。留吉の方も、どうやら奉公人が何人もいるような大きな店らしいから、朝から晩まで扱き使われているに違いない。

「ここは小さいお店だから、それほど忙しくもないんだろうけど」

銀太は改めて、新七の叔父がやっているという提灯屋を見た。大きな通りから奥に入った、やや狭い通り沿いにある小商いの店だ。間口は溝猫長屋の表店にある新七の実家より幾分小さく感じられる。軒下に、秩父屋と書かれている薄汚れた板看板が揺れていた。

「ああ、ここって秩父屋と言うのか。だいたいの場所は聞いていたけど、屋号までは知らなかったから、来る時に迷っちゃったんだよね。通りかかった人に訊ねたら、まったく別の店を教えられたりしてさ」

「それは悪いことをしちゃったな。俺もここのことは叔父さんの店としか呼んだことがなかったから、屋号のことなんて気にしなかったんだよ。それで銀ちゃんや他のみんなに教え忘れちゃったんだ……ええと、そんなわけで、俺も今度、小竹屋を覗いてくるよ。で、別の日になるだろうけど、深川の大松屋にも行ってみるから」

「気を付けてよ。小竹屋の杢太郎さんって人は、本当におっかない人だったから」

「多分、平気だと思う」

新七はにやりと笑った。この少年は頭の出来が良いから、きっと何か考えがあるのだろう。ここは新七に任せて、おいらは後で話を聞くだけでいいや、と銀太は思った。

二

「……ふむ、小竹屋とかいう質屋はここか」

釣り竿を持った四十過ぎくらいの男が小竹屋の前に立ち、じろじろと眺め回した。

店の表側から始まり、次に中の様子、さらに裏の方に見える蔵、果ては両隣の家まで、細かく目を配る。

「どこにでもある、ごく当たり前の質屋だな。しかし油断はできない。この手の店には、怪しいものが潜んでいることがたまにあるんだ。質草の中には、持ってきた人が深い思い入れを抱いていた品も混じっている。物には念が籠もるんだよ。それは長く使われるほど強くなる。そういう品が、夜な夜なすすり泣くなんて話を耳にしたことがあるぞ。俺が聞いたのは下谷（したや）での話だ。あの辺りも武家屋敷が多いが、金に困ったとある旗本が先祖伝来だという小柄（こづか）を質草にしたそうなんだ。つまり、小刀だな。するとその日から、夜中になると蔵の方から女の泣く声が聞こえてくるようになった。訝（いぶか）しんだ店主が、ある晩そっと蔵を覗くと……」

「磯六（いそろく）さん。俺たちはここに幽霊が出るかどうかを調べに来たんじゃなくて、お紺ちゃんの縁談相手を見に来たんだからさ……」

新七は溜息交じりにそう告げ、磯六が怪談を語り出そうとするのを止めた。

この磯六は、お紺の家である質屋、菊田屋の常連客で、また新七たち溝猫長屋の子供たちとも知り合いの男である。版木彫りの仕事を一応はしているのだが、あまり熱心に働くたちではなく、暇を見つけてはすぐに釣りに出かけてしまう人だった。

銀太から話を聞いた新七は、子供だけで質屋に行っても怪しまれるだけだと考えた。誰か大人と一緒に、客として訪れた方がいい。しかし俺たちに付き合ってそんなことをしてくれる暇な大人なんているだろうか……と考えを巡らした結果、この磯六という打ってつけの人物に辿（たど）り着いたのである。

磯六の方もお紺の縁談相手には興味があったようで、新七の頼みを快く引き受けてくれた。それは良かったのだが、この磯六は「子供に怖い話をするのが好きなおじさん」だったので、ここへ来る道々、新七は散々怪談を聞かされ続けた。そこだけは迷惑だった。

「話の途中で止めるなよ。ええと、店主が蔵を覗くと、明かりもないのに中がぼんやり光っていたんだ。蔵の壁際に女が背を向けて座り、泣いているのか小刻みに肩を揺らしていた。光っていたのはその女だ。思わず店主は声を漏らした。すると女はゆっくりと振り返って……」

「……磯六さん、怖い話は帰りに聞くから、ちょっと黙っててよ」

まだ話そうとする磯六を押し止（とど）め、新七は小竹屋の中を覗き見た。銀太が来た時には、帳場には五十手前くらいの男がいたらしいが、今はそれよりは明らかに若い男が座っていた。

男は新七が見ているのに気づくと、訝しげにこちらを睨んできた。やや吊り上がった眉毛の下で、目が鋭く光っている。まるで鬼のようにおっかない顔だ。それに座っているのにかなり背の高い男だと分かる。杢太郎に違いない。

新七は、磯六が大事そうに持っている釣り竿を指差した。

「それじゃあ中に入ろうか。前もって決めていた通り、磯六さんはそれを質草に持ってきたお客だからね。俺は磯六さんの子供でございって顔で横にいるから」

「う、うむ。念のために言っておくが、本当に質に入れるつもりはないからな。これは俺の自慢の釣り竿なんだ」

「分かってるよ。あくまでもお紺ちゃんの縁談相手を調べに来ただけだ」

「だけど、あの顔で押されたら、安い値で質入れしちゃいそうなんだよなぁ」

磯六は顔をしかめながら小竹屋の中へと足を踏み入れた。新七も、「待ってよ、お父つぁん」と言いながらその後に続いた。

新七は上がり框に腰を下ろし、磯六と杢太郎のやり取りを横から眺めた。杢太郎は、近くで見てもやはりおっかない顔立ちをしていた。しかも愛想のかけらもなく、にこりともせず常に眉間に皺を寄せているからなおさら人相の悪さが際立っている。お紺の縁談相手としてどうとかではなく、そもそもあまり近づきたくない人だな、と思った。

磯六から釣り竿を受け取った杢太郎は、軽く見ただけですぐにけちをつけ始めた。そうやって渡す金の値を下げようとしているのは分かるが、あまりにも腹の立つ喋り方を杢太郎はしていた。それに新七も知っているが、実は磯六が持ってきた釣り竿は名のある竿師が作った上等の品なのだ。そのわりには安く見積もりすぎだった。

この杢太郎は目が利かないようだ。しかも顔が怖いし口も悪い。質屋どころか商売そのものに向いていないみたいだな、と考えながら、新七は事の成り行きを見守った。

自慢の釣り竿をけなされているので、次第に磯六の機嫌が悪くなってきた。杢太郎に負けないくらい怖い顔で相手を睨み出す。

このままでは喧嘩が始まるかもしれない。それに、小竹屋に入った時から何となく辺りに漂っていた臭いが気になって仕方がない。新七は、そろそろ店を出た方がいいと考えて磯六の脇腹を突っついた。

磯六は、「けっ、それなら他の店に持っていくよ。おい新七、こんな店はさっさと出るぞ」と吐き捨てて立ち上がった。

小竹屋から出た二人は、店から少し離れたところで立ち止まった。

「なんだ、あの杢太郎って野郎は。あんな風だからやつの父親は店を弟に継がせ、杢太郎を菊田屋へ婿に出そうと考えているんだな。そうは問屋が卸さないぜ。たとえお釈迦様が見逃したとしても、この俺様が許さねぇ」

磯六はまだ不機嫌だ。店を出た瞬間からずっと文句を言い続けている。

「ありゃ駄目だ。あんなのが婿に来たら菊田屋が潰れる。それに、やつとお紺ちゃんが一緒になったら夫婦喧嘩で毎日が大騒ぎになるに決まっている」

新七は頷いた。お紺ちゃんのためであるのはもちろん、菊田屋のご近所さんのことを思っても、小竹屋との縁談は進めない方がいい。

「だいたい、この釣り竿にけちをつけたのが気に食わねぇ。これにはな、素晴らしい謂われがあるんだよ。こいつを作ったのは名人と呼ばれる人でね。腕がいいのだから、当然それなりの値で釣り竿作りの仕事を請け負う。とてもじゃねぇが貧乏人には手が出せねぇよ。だけど、どうしてもその名人の竿を欲しいという男がいたんだ。三度の飯より釣りが好きっていう人だったんだが、しかし銭は持っていない。それで思い余って、夜中にその名人の家に忍び込もうとしたんだ。盗みに入ったんだな。男は家の脇に立っていた木によじ登って塀を乗り越え、庭に飛び降りた。ところが運の悪いことに、その名人の家の塀には、竹がたくさん立てかけてあったんだ。継ぎ竿を作るために、ある程度の長さで切り揃えられたものがね。どうした加減か分からないが、その竹が忍び込んだ男に突き刺さった。太股にぐさりといったらしい。翌朝、名人が戸を開けたら、その男が庭で息絶えていたそうだ。その下の土は、男が流した血が染み込んでぐっしょりと濡れていたという……で、俺が持ってきたこの自慢の釣り竿は、名人が男の太股に刺さった竹から作り上げた稀代の逸品なんだ。これを使うと面白いように魚が釣れる。多分、亡くなった釣り好き男の念が籠もっているんだろうな。そんな釣り竿をけなすとは、あの野郎……」

「へえ……」

盗みに入った男も、その男が死んだ原因となった竹で釣り竿を作る名人も、そんな釣り竿を自慢の品だと言って大事にしている磯六も、新七から見れば、みな等しく変な大人たちである。

案外、杢太郎は品物を正しく見ていたのかもしれない。碌でもない曰くがある物だから、わざと悪く言って……。

いや、まさかね、と思い返しながら新七は小竹屋の方を振り返った。

店の戸口から顔を出して、杢太郎がじっとこちらへ目を注いでいた。新七は慌てて磯六の袖を引っ張り、急いで角を曲がった。

三

小竹屋を訪れた翌日、新七と磯六ははるばる深川まで足を延ばし、お紺ちゃんの婿として名の挙がっているもう一人の男の、文次郎のいる大松屋を訪れた。やはりすぐには中に入らず、まずは通りから店の様子を眺める。

大松屋は、お紺の家の菊田屋や昨日訪ねた小竹屋よりも店構えが立派だった。広さはさほど変わりがないのだが、建物の造りや奥に見える調度品、掲げられている看板、表戸の戸板に至るまで、控えめだが品があるように感じられた。これはなかなかやるな、と新七は大松屋を一目見て思った。

磯六は昨日の釣り竿を今日も持ってきている。それを大事そうに胸の前に抱えながら、大松屋を睨みつけていた。釣り竿を悪く言ったら承知しないぞ、という気持ちでいるんだろうな、と思いながら新七が見つめていると、店の中から感じの良い声が聞こえてきた。

「いらっしゃいまし。うちへ御用でございましょうか」

慌ててそちらへと目を向ける。両手を前に揃え、幾分腰を屈めた若い男がにこにこしながら新七と磯六を見ていた。

「お前さん、大松屋さんの人かい？」

磯六が声をかけた。昨日の不機嫌さがまだ続いているので、喋り方や声が少しとげとげしい。しかし若い男はまったく気にした素振りも見せず、笑顔のままで返事をした。

「はい、左様でございます」

「質に入れたい物があって来たんだが……お前さん、本当にこの店の人かい。大事な品を持ってきたんだから、相手の素性ってものが分からないと安心できねぇ」

「もっともなことでございます。私は文次郎と申します。ここの店主の倅でございますので、どうぞご安心ください。それでももし私で不安というなら、奥に父がおりますので呼んでまいりますが」

「ああ、いや、お前さんでいい」

「恐れ入ります。それでは中にお入りください。そちらに腰を掛けていただいて……ああ、お坊ちゃんもどうぞ」

新七と磯六は文次郎に促されるまま大松屋の中に入り、上がり框に腰を下ろした。

ここまでは非の打ちどころがない。小竹屋の杢太郎とは雲泥の差だ。しかし杢太郎が酷すぎるだけで、それなりの店の者ならこの程度の応対はするだろう。肝心なのはここから先だ。果たしてこの文次郎はどういう男だろうか、と考えながら、新七は磯六と文次郎のやり取りを見守った。

「ええと、これを質に入れたいんだが……」

「釣り竿でございますか。ほほう、なかなか良い物でございますね」

文次郎は磯六から釣り竿を受け取ると、まず銘を確かめて「なるほど」と頷いた。名のある竿師によって作られた品と確認したようだ。

「幾ら貸してくれる？」

磯六が訊ねたが、文次郎はすぐには答えなかった。「お待ちください」と断って、しばらく竿を眺め回す。それから、出せる値を口にした。

新七と磯六は顔を見合わせた。二人は今日、ここに来る前に菊田屋に寄り、岩五郎に釣り竿を見てもらっていた。今、文次郎が口にしたのは、岩五郎が告げた値とまったく同じだった。

文次郎は、長く質屋をやっている岩五郎と変わらぬ目を持っている。質屋としてやっていく能力は申し分なくあるようだ。

「それでよろしければ、お金を用立ていたします。それでは……」

「ああ、ちょっと待ってくれ」

帳簿をつけるために筆を取った文次郎を、磯六が慌てて止めた。このままでは本当に大事な釣り竿を質に入れることになってしまうからだ。

「ええと、いや、他の質屋を回ってみるよ。もっと出す所があるかもしれん」

「もちろん構いません。ですが、それではご面倒でしょう。多少なら、こちらで色を付けることも考えますが」

「いや、結構だ。うん、迷惑をかけたな。それじゃあ、俺たちはこれで。ほら新七、さっさと出ようじゃないか」

小竹屋の時とは反対に、今度は磯六の方が新七の脇腹を突っついた。それから磯六は、釣り竿をしっかりと握り締めて急いで店の外へと出ていった。

新七も立ち上がり、磯六を追って大松屋を出た。戸をくぐったところで振り返ると、文次郎がこちらに向かって丁寧に頭を下げていた。

「……おお、危ねぇ。危うくこいつを手放しちまうところだったぜ」

大松屋からすぐの場所で立ち止まり、磯六がそう呟いた。

「たとえそうなっても、質からすぐに出せばいいんじゃないの」

「いや、ほら。そうは言っても銭を持っちまうと、つい飲んじゃうからさ。大人っていうのはそういうものなんだ」

「ふうん……」

よく分からない。それに新七としては文次郎という男の人柄が見られればいいのだから、別に釣り竿などどうなっても構わなかった。せっかく来たのだから、ついでに質に入れちゃえば良かったのに、と思った。

「そもそもそんな磯六さんが、その釣り竿を持っているっていうのが不思議なんだよね。ほら、同じような釣り好きの人が盗みをしてまで欲しがった名人の竿でしょう。磯六さんだってその人に負けず劣らずの貧乏人だと思うんだけど……」

「そこは根性だよ。俺はその名人の家に何度も通って、頭を下げ続けたんだ。ちょうどその、例の男を突き刺した竹が名人の手元にあったたってのも運が良かったな。命を懸けてまで名人の竿を欲しがった釣り好き男を刺し殺した竹だ。これを使えば、これまでになかったような釣り竿ができるかもしれないと名人は考えたんだよ。そうした方が死んだ男も喜ぶに違いないしね。しかし、作ったところで生半の者には渡せない。釣り好き男の魂を継ぐような者ではないと扱えないだろうと名人は踏んだんだ。そもそも、たいていの人は気味悪がるだろうしな。そこで名人が目を付けたのがこの俺だ。安く譲ってくれた。さすが名人、お目が高いね。お蔭で俺は毎日釣り三昧だ」

新七は思った。やはり変な大人たちだ。

「……釣り竿を手放さずに済んで良かったね。それはそうとして、磯六さん、あの文次郎さんのことはどう思った？」

「昨日の李太郎の野郎と比べれば天と地ほどの違いだ。いや、やつを引き合いに出さなくても、文句の一つも言えないくらい素晴らしい男だと思うぜ。腰は低いし、物言いは柔らかいし、商売に向いていそうだ。目も利くようだから、菊田屋の婿にするなら間違いなく文次郎の方がいい。岩五郎さんもきっとそう考えるだろう」

「そうだよねぇ……」

自分のような子供が意見を求められるわけはないが、もし岩五郎に訊ねられたら、李太郎より文次郎の方を選んだ方がいいと答えるべきなのだろう。菊田屋のためにはその方がいいに決まっている。悩むことはない。

「……だけど、あのお紺ちゃんの相手なんだよなぁ」

話を難しくしているのはその一点だ。文次郎という男がいい人であればあるほど、菊田屋に婿入りすることが気の毒に思えてくる。

「まあ、結局は家同士、親同士で決めることだからな。菊田屋の岩五郎さんと相手の父親の腹次第だ。文次郎や杢太郎の意見なら多少は聞くかもしれないが、お紺ちゃんは蚊帳の外で話が進められるよ」

「ううん、それなら一度、文次郎さんにお紺ちゃんを見せて、先方から断るように話を持っていけば……ああ、お紺ちゃんは今、猫を被っているんだった」

「つまり新七は、まず小竹屋の杢太郎は人柄がお話にならないから縁談は止めるべきだと考えているんだな。そして大松屋の文次郎の方は、反対にあまりにも人柄が良すぎるからやっぱり止めた方がいいと、そう思っているわけだ」

うん、と新七は頷いた。

「まだ二人には昨日と今日の一度ずつ会っただけだから、本当の人となりを見抜いたとは思えないけど……」

「岩五郎さんも縁談相手のことを少しでも知りたいだろうから、俺は近々菊田屋さんを訪れて今日の話をするつもりでいる。なんならその時、新七も一緒に行ったらどうだ。子供の話などには耳を貸さないかもしれないが、それでも言いたいことがあるなら言っておいた方がいい」

「そうだね」

とりあえず、今の自分にできることはそれだけだろう。後は岩五郎が決めることだ。

「……話は変わるけど、磯六さん、何か臭くない？」

新七は鼻を動かしながら訊いた。白粉の匂いのようなものが漂っている。大松屋にいる時からかすかに感じていたが、外に出て縁談についての話を始めた辺りから、それが強くなった気がしたのだ。

「さあ。俺には分からないな。白粉を塗りたくった女が少し前に通って、それがまだ残っているだけじゃないのかい。たまにいるからな、夜道で会うと顔だけが浮かんでいるように見える女が。物の怪かと思って腰を抜かしそうになるんだよ」

そう言いながら磯六は辺りをくんくんと嗅いだ。

「お、近くに鰻屋があるみたいだ。美味そうな匂いがする。遠くまで歩いてきたから腹が減ったな。さすがに鰻とはいかないが、蕎麦でも食って帰ろうか」

磯六が前に立って歩き出した。

追いかける前に、新七はそっと振り返って大松屋を見た。昨日の杢太郎と同じように、文次郎が戸口から顔を出してこっちを見ているのではないかと思ったが、そんなことはなかった。

新七は磯六の方へ目を戻した。顔を動かした時、やはり白粉の匂いが辺りに漂っているのを感じた。

四

真っ暗な部屋の中で忠次は目を覚ました。

修業先の桶屋の二階だ。下の階は親方の一家が使っており、忠次は他の弟子たちと一緒にこの二階の狭い部屋の中に寝泊まりさせられている。

——ああ、なんか嫌な夢を見たな……。

別に小便がしたいわけじゃないのに起きてしまったのはそのせいだ。気味が悪く、どことなく不吉なものを感じさせる夢だった。埋められた男や首吊り男の時のように、何か意味がある夢なのだろうか。

隣で寝ている兄弟子のいびきを耳にしながら、忠次はさっきまで見ていた夢の内容を思い返した。

忠次は見知らぬ町に佇んでいた。やや狭い通りに立ち、前に立っている店を見上げている。

その店の屋根の上に女が立っている。こちらも見たことのない女だった。まだ二十歳手前くらいの、若い娘のようだった。

女は夕日を背にしている。だから本来ならその顔は陰になってよく分からないはずなのだが、忠次の目には女の表情がはっきりと見えた。

女は目をまん丸に剝いていた。それでいて、にたにたと笑っている。白粉を塗りたくった白い顔に、真っ赤な紅をつけた口元が浮かび上がっているように感じられた。じっと見ているとこちらの頭がおかしくなりそうな嫌な笑みだった。

忠次は女から目を逸らし、店の方へと顔を動かしたところで、目が覚めたのだった。

――あの女の人、生きてはいないな。

生気というものが感じられなかった。これまで何度もそういう者を見てきた忠次だから、一目見て分かった。あれは幽霊だ。

そんな女がどうして屋根の上に立っているのか。いったい何を見て笑っているのか。そして、女が立っている店はどこにあるのか。

忠次は夢の内容をもう一度思い返した。目を覚ます寸前に、店の軒下に薄汚れた板看板が揺れているのが見えた。そこに書かれていた屋号は、確か……。

――秩父屋だったかな。ううん、知らないな……。

あまり良くない感じの幽霊だったから、もし知っている店だったら何とかしないと、と思ったが、行ったことのない店だからどうしようもない。

隣にいる兄弟子のいびきが急に止まり、もぞもぞと動く気配がした。息を潜めて様子を窺っていると、しばらくしてまた大きないびきが聞こえてきた。

——余計なことを考えていないで、おいらもしっかり寝ないと。

明日も早くから厳しい修業が待っている。途中で居眠りでもしたら親方や兄弟子からどやされてしまう。あんな夢のことなど忘れた方がいい。

忠次は寝返りを打って兄弟子に背を向け、今度はいい夢が見られますように、と祈りながら静かに目を閉じた。

教えてくれる声

一

「それにしても、寂しくなってしまいましたねぇ。銀太一人だけになっちまった」

お多恵ちゃんの祠へのお参りを終えて長屋の路地を戻っていく銀太の背中を見送りながら、弥之助はぼそりと言った。

「ついこの間までは、大家さんの横に四人も子供が並んでいたのに」

「長屋から子供が出ていくのは毎年のことだからね。仕方あるまいよ」

吉兵衛が答えた。寂しいという思いと、清々したという気持ちが入り混じったような、何とも言えない表情をしている。

「むしろ、あの連中は遅すぎたくらいだ」

祠へお参りすると幽霊が分かるようになる。だからこれまで溝猫長屋に住んでいた年長の男の子は、早ければひと月かふた月で、長くても半年が経つ頃には、みな奉公へ出たり職人の修業を始めたりしていた。長屋から出れば幽霊に遭わなくなるので逃げ出したのである。忠次や留吉の兄たちもそうだった。

しかし今年の子供たちは違った。祠に通い始めたのは春からだったが、夏が過ぎ、秋が終わり、冬が来ても長屋から出る様子がなかった。そうして気がつくと季節がひと回りし、とうとうまた春になってしまった。

「儂がせっつかなかったら、まだ四人とも長屋に残っていただろう。あれほど幽霊に苦しめられたというのに、あの連中と来たら……」

吉兵衛が呆れたように言った。弥之助は「まったくです」と頷いた。

もちろん忠次や新七、留吉だって幽霊を怖がり、嫌がってはいたが、喉元過ぎれば熱さを忘れるというやつなのか、たとえ恐ろしい目に遭っても少し経てば平気な顔で町をうろつき出した。見る、聞く、嗅ぐが同時に来るという銀太に至っては、あまりにも酷い目に遭い続けたせいか、近頃ではすっかり幽霊や死体に慣れてしまったようだ。

驚きである。この目で見ていなければ、そんな子供がいるなんて信じなかっただろう。いや、大人だったとしてもあり得ない、と思いながら弥之助は首を左右に振った。

「まだ、肝心の銀太が残っていますが……」

「その銀太の行き先も懸命に探しているところだよ。あいつは父親と同じように将棋盤や駒を作る職人になるという考えを持っている。それなら、いっそのことその道の名人と呼ばれる人の許で修業した方がいいと思ってね。色々と当たっているんだ」

「しかし、銀太を預けられる方は大変でしょうね」

幽霊が分かる、ということだけではなく、悪戯者だし、ぼんやりしていてすぐ物を失くしたりもするし、それに何より、まだ寝小便が治っていない。

「それに銀太までいなくなってしまうとなると、私どもがますます寂しくなってしまう」

「だから、それは仕方のないことなんだよ。銀太にしろ、他の連中にしろ、いつまでも子供でいられるわけではないからな。まともな大人になるためには、外で苦労することは必要なんだ。あいつらのことを思えばなおさらだよ。『可愛い子には旅をさせよ』というやつだ。親元を離れて一人でやっていくのは大変に違いないが、甘やかされて育つよりましだ。だから心を鬼にして、我々は子供たちを送り出さなければいけない」

それに、と前置きして、吉兵衛はお多恵ちゃんの祠へ目を向けた。

「儂らはあの祠が空っぽになってしまったと感じている。本当にそうなのかを確かめたいと考えてもいるんだよ」

「ははあ、なるほど」

お多恵ちゃんの霊はもう成仏したに違いない。あの四人は今もまだ幽霊に遭うことがあるが、それはお多恵ちゃんの置き土産みたいなものだろう……と自分たちは考えている。

しかし、実はまだお多恵ちゃんの霊は祠にとどまっており、悪戯心で子供たちに幽霊と遭わせている……なんてこともあり得ない話ではない。なぜなら以前、銀太がお多恵ちゃんの悪口を言った際に、幽霊を見たり聞いたりする順番を変えたり、二巡目まで回したりする嫌がらせをしたことがあったからである。お多恵ちゃんは神様ではない。十二歳の女の子の霊なのだ。そうやって遊んでいるだけなのかもしれない。

「銀太を長屋から出して、次の代の男の子にお参りさせるわけですね。もしまだお多恵ちゃんの霊が祠にいるのなら、今度はその子が幽霊に出遭うようになるはずだ」

銀太がいなくなるとすると、長屋で一番年長の男の子は忠次の弟の寅三郎だ。他に同い年の子はいないので、一人でお参りすることになる。

今年の四人の男の子の中では、兄の忠次は怖がりの方だったが、寅三郎はそれに輪をかけて臆病だと聞いている。毎年行ってきた溝猫長屋の決まり事なのだから仕方ないとはいえ、少し気の毒にも感じる。

「うむ。そして長屋を離れた銀太たち四人は幽霊に遭わなくなる、というのがこれまでの例だ。だが、もしかしたら銀太だけは、そうはならないかもしれないという不安もある。しかし、いずれは銀太も長屋を出て修業を始めなければいけないのだから、早めに追い出して、ついでに祠のことを確かめてみようと考えているだけだ。『可愛い子には旅をさせよ』という言葉がある。親元を離れて一人でやっていくのは大変に違いないが、儂らは心を鬼にして子供たちを送り出さなければ……」

「あの、大家さん。つい先ほど同じことをおっしゃいましたが」

「うむ、何度でも言うよ。なぜなら儂は年寄りだからね」

吉兵衛は大きく胸を張った。きっと日頃から周りの者に、「それ前にも聞いたよ」などと言われ続けているのだろう。それで開き直ってしまったに違いない。

「いいか弥之助。お前は岡っ引きの仕事で、年寄りからも話を聞かねばならない場合があるだろう。話があっちに行ったりこっちに戻ったりして、なかなか進まないことが多いに違いない。だが、年寄りはそういうものだと考えてゆったりと構え、苛々せずにじっくり耳を傾けないと駄目なんだよ。そうでないと肝心の話を聞き漏らすことになるからね。そんなことをしていたら、とてもではないがお上の御用は務まらないよ」

「は、はあ……」

「……いや、待てよ。そもそも儂はお前が岡っ引きをしていることが気に食わないんだった」

話があっちに行った。

「岡っ引きなんて世間の鼻つまみ者がやることだよ。『この土地の親分でござい』なんて大きな顔をして、肩で風切って歩いているかもしれんが、やっていることは小悪党に毛が生えたようなものだ。縄張りの商家などへ顔を出して袖の下をもらったり、ほとんどかかわりのない事件でも無理やり引き合いを付けて、それを抜くことで礼金をせしめたりと、まったく碌なものじゃない。人間の屑と言ってもいいだろう」

どうやら吉兵衛お得意の説教が始まっているようだ。ここで弥之助ははたと気づいた。これまではあの男の子たちが主に吉兵衛の叱言を受けていたが、もし銀太が去って四人ともがいなくなってしまったらどうなるのか。寅三郎など後に残る子供たちは、あの四人と比べるとはるかに大人しいようだ。そうなると、吉兵衛の矛先はこれから自分に向けられるのではないだろうか。

「いいかね、弥之助。お前も、いつまでも独り者でいないで、いい人を見つけて所帯を持ったらどうだね。そうして、ただの煙草屋(たばこや)の親父(おやじ)として生きていく。つまり、岡っ引きをやめるんだよ。その方がいい。お前が道を踏み外したのは、お多恵ちゃんが殺された仇(かたき)を取るためだったからな。それもこの前の御旗本の屋敷の件で果たされたんだ。それならもう、真っ当な道に引き返してもいいはずだ」

「は、はあ……」

「そもそも、お前のような碌でもない者が身近にいるから、儂はことさら子供たちに厳しく当たるようになったのだよ。ちゃんとした大人になってもらうためにな。『可愛い子には旅をさせよ』という言葉がある。親元を離れて……」

話がこっちに戻った。多分この後は、延々と同じ話が繰り返されることだろう。開き直った年寄り恐るべし、である。

弥之助は困り果てて、助けを求めて辺りを見回した。しかし二人の周りにいるのは数匹の猫だけだった。むろん、助けに入る様子はない。素知らぬ顔で毛繕いなどをしている。

弱ったな、と思っていると、長屋の路地をこちらへ向かって走ってくる男の姿が目に入った。

「お、親分、大変だ」

弥之助の一の子分、「ちんこ切の竜（りゅう）」だった。竜は弥之助と一緒にこの長屋に来ていたが、銀太が顔を出す前にさっさと祠に手を合わせ、その後は長屋の内外をぶらぶらとしていた。どうやら何かあったらしい。

なお、ここで言う「ちんこ切」とは「賃粉切」のことで、賃銭を取って葉煙草を刻む仕事を指す。男の大事な部分とは関わりはない。

「ど、どうしたんだい、竜」

助けが現れたことに内心ほっとしていたが、それを吉兵衛に悟られないよう、わざと慌てた振りをしながら弥之助は訊ねた。

「何か良くないことが起こったのかい」

「いなくなっちまったんだ」

「おお、そいつはいけねぇ。すぐに捜さなければ。ええと、そういうことですので大家さん。私どもはこれで」

手刀を切るような仕草をしながら弥之助は吉兵衛の前を横切ろうとしたが、その首根っこを抓まれてしまった。

「待ちなさい、弥之助。何がいなくなったのか分からないのに、いったいどこへ行こうとしているんだ。まったく、儂から逃げようとしているのが見え見えだよ。ええと、竜。何がいなくなったと言うのかね」

「猫でございますよ、大家さん。いくら見回しても、笊竹と柿と石見がいないんです」

弥之助は心の中で「なんだ、猫か……」と呟いた。いなくなったのが長屋の猫では、吉兵衛から逃れることは叶わない。

この溝猫長屋にたまに顔を出すことがあるので、竜は十六匹いる猫の名を覚えようと努めていた。その方が吉兵衛の機嫌が良くなるからだ。初めのうちこそ羊羹や金鍔を間違えて大福や煎餅などと呼んでいたが、努力の甲斐があってか、最近になってようやくすべての猫の名を言えるようになった。ところが苦労して覚えたうちの三匹がいなくなっていたので、「親分、大変だ」となったらしい。

「ふむ。実はね、名付け親のところに引き取られていったのだよ。実際には儂が押し付けたようなものだけどね。さすがに十六匹では多すぎだ。それに子を産んで、さらに増えるなんてことも考えられるからね。困る前に手を打ったんだよ」

「はあ、左様でございますか。大家さんのおっしゃることも分かります。しかし……」

竜は長屋の建物の床下へ目を向けた。

「……野良犬の野良太郎もどこかへ行ったまま戻らないようでございますね。その上で猫まで減らすとなると、本当に寂しくなっちまいます。忠次や新七、留吉も出ていったし」

「銀太も近々いなくなる。今、そのことを弥之助と話していたところだが、それは仕方がないことなんだよ。立派な大人になってもらうために、儂らは心を鬼にして子供たちを送り出さなければいけない」

年寄りの繰り言が再び始まった。この役立たずが、と弥之助は竜を睨みつけた。

「……まあ、そういうことだ。さて、お天道様も昇ってきたことだし、そろそろ家に戻るとするか」

「あれ、大家さん、もう話は終わりですか」

どうやって説教の矛先を竜の方へと向けさせようか、と頭を巡らせ始めていた弥之助は拍子抜けがした。

「儂も暇ではないんだ。さっきも言ったが、銀太の面倒を見てくれる名人を探さなければならない。それに猫の引き取り手も探さなければ。まだ十三匹もいるから、これをもう少し減らしたい。昔ここに住んでいた大工の元へ行こうと思うんだ。手斧の名付け親だな。そのついでに留吉の様子を窺いに行く。浅草の大店へ奉公に行ったからね。どんな風にやっているか覗いてこようと思っているんだ。もちろん忠次や新七、あるいは去年や一昨年など、先に長屋を出ていった上の代の男の子たちの所にも折を見て行かねばならない。儂は忙しいんだよ。お前たちのような屑にいつまでも構ってはいられない」

「はあ、恐れ入ります。しかし大家さん、先ほど『可愛い子には旅をさせよ』と散々おっしゃっていましたが、それでいて子供たちの様子を見に行くというのは、まったく心が鬼になっていないと言うか……」

「子供のうちから多くの苦労をしておくことは、その後の人生に間違いなく役に立つ。しかしね、苦労にもよりけりなんだよ。身の丈に合わないものは駄目だ。とても子供の手には負えないような、理不尽な苦労を強いられ続けたらどうなるか。恐らくその子は、ひねくれた大人になってしまうだろう。他人が信じられなくなってね。いや、下手をしたら自分というものが信じられなくなる」

「ふうむ、そうかもしれませんねぇ」

「背伸びをしてやっと届くくらいの苦労がいいんだよ。必死で手を伸ばして、何とか自分の力で成し遂げられた、というのがいい。まあ、そううまい苦労は転がっていないがね。ただ、理不尽な仕打ちを受けるのだけは避けたい。だから儂はこの長屋を出ていった子供たちの様子を窺いに行くんだ。ああ、念のために言っておくが、なるべく子供には会わないよう気をつけているからね。店主や親方にだけ会って、今のような話をして帰るんだよ。儂のようなうるさい年寄りに何度も来られては敵わないだろうから、そうしておけば使っている大人たちも色々と考えて子供に接するようになるはずだ」

吉兵衛は、ふふん、と笑い、それから「ああ忙しい」と呟きながら自分の家の方へと戻っていった。

「……大家さん。何だかんだ言いつつ、子供たちに甘いですよね」

吉兵衛の背中を見送りながら、竜が呟いた。

「うむ。『優しい糞じじい』だからな。子供たちが陰でそう罵っているらしい」

「へえ、随分と酷い呼ばれ方をしていますねぇ。それはいくらなんでも可哀想だな」

竜は気の毒そうな顔をして、軽く首を横に振った。

いやいや、お前ほどじゃないよ、と思いながら、弥之助はそんな「ちんこ切の竜」

を眺めた。

二

「……おい、留吉はいるかい」

浅草の呉服屋、伊豆屋(いずや)の店内に主の伝左衛門(でんざえもん)の声が響いた。

「はい、ただいま参ります」

すぐに留吉は返事をして、素早く、しかしばたばたと雑な足音を立てないように気をつけながら伝左衛門の許へと急いだ。来客があったようだからしばらくは用事を言いつけられないだろうと安心していたが、どうやら客はもう帰ってしまったらしい。まだ頼まれていた仕事を終えていないのに、また新たに何か押し付けられそうだ、とうんざりした気分で伝左衛門の前に畏(かしこ)まる。

「お呼びでございますか、旦那様」

「うむ。お前がうちに奉公に来てから、しばらく経つな。ずっと店の中にいるばかりでは気が塞ぐだろう。たまには表を歩いた方がいいと思ってね。これから所用で深川まで行くところなんだが、一緒についてきなさい」

「は、はい……」

「頼んでおいた仕事は後回しでいい。今日は無理だから、明日やるように」

どうした風の吹き回しだろうかと訝しく思いながら、留吉は店主の顔を眺めた。この伝左衛門は日頃から人使いが荒く、留吉は奉公を始めた初日からたくさんの用事を言いつけられてきた。それは留吉だけでなく、長く勤めている番頭や手代も同様だった。

しかもこなし切れないほどの仕事を頼んでおきながら、一日でそれを終わらせないと厭味ったらしい説教が始まる。そんな雇い主だったから、「明日やるように」と言われて留吉はびっくりしたのである。

「番頭にはもう伝えてあるからね。そこの包みを持って、私についてくるように」

伝左衛門は脇に置いてあった風呂敷包みを留吉に指し示した。留吉がそれを手に取っている間に素早く店の外へ出ていく。せっかちな人なんだろうな、と思いながら、留吉は急いでその後を追った。

留吉と伝左衛門は両国橋を渡ると竪川沿いを東に進んだ。途中、右に折れて二ツ目之橋を渡り、そのまままっすぐに南へ向かう。

北森下町の辺りを歩いている時に、ずっと黙って前を歩いていた伝左衛門がふっと留吉の方を振り返った。

「留吉……お前、番頭や手代から無理な仕事をやらされたりはしていないだろうね」

「は、はい。そのようなことは、決して」

留吉は首を振った。たいていの無理は伝左衛門に押し付けられている。

「仕事が終わった後で、番頭から何か言われているようじゃないか。仕事のやり方などを教えているのだと思うが、もし理不尽なことを押し付けられるようなことがあったら、すぐに私に言うのだよ」

「はい。ありがとうございます」

すべての理不尽は伝左衛門から出ている。番頭はその愚痴を言っているだけだ。

「それと、話は変わるが……うちへ来る前にお前が暮らしていた長屋の大家さんは、どんな人だったかね」

「は、はあ。溝猫長屋の大家さんでございますか」

いきなりのことで面食らった。なぜそんなことを訊くのだろうと首を傾げながら、吉兵衛のことを考えた。浮かんでくるのは怒っている時の顔ばかりだ。

「ええと、とても説教好きな人でございました。悪戯などをすると、三日くらい続けて叱られるのも珍しくありません。お年寄りだからか、同じことを何度も繰り返すので、それで長くなってしまうのですが」

「ふむ、そうか。同じことを何度も繰り返すのか……」

伝左衛門は顔をしかめて、それは嫌だな、と小さく呟いた。

「あの、旦那様……大家さんが、何か？」

「いや、なに、お前はなかなか働き者だからね。きっとご両親や長屋の大家さんなど、周りの大人がちゃんとした人だったのだろう、とそう思ったから訊いてみただけだよ。別に気にしなくていい」

「はあ」

「用事がある場所にはもうすぐ着く。小名木川のそばだ」

伝左衛門は再び先に立って歩き出した。その言葉通り、それから間もなく二人は目的の場所に着いた。一軒の質屋だった。

留吉は軒下にぶら下がっている板看板を見た。大松屋と書かれていた。

次に店の様子を眺める。質屋と言えばお紺の家である菊田屋が思い浮かぶが、それよりも店の構えは立派だった。広さはさほど変わらないのだが、建物や店の中に飾られている物が上品に見えた。

感心していると、伝左衛門がさっさと中に入っていく姿が目に入った。留吉も慌てて大松屋の中に足を踏み入れた。

「ああ、伊豆屋さん。ようこそいらっしゃいました。どうぞ上がってください」

帳場に座っていた店主と思われる五十がらみの男が、にこやかな顔で立ち上がる。伝左衛門へ中に上がるように指し示し、それから店の奥へ向かって声をかけた。

「おうい、文次郎。ちょっと私に替わって店番をしてくれないか」

二十歳を幾らか過ぎたばかりのまだ若い男がすっと現れた。こちらも店主と同じように、にこやかな笑みを顔に浮かべて伝左衛門に頭を下げる。

「それでは留吉。ちょっと大松屋さんと話をしてくるから、お前はここで待っていなさい」

伝左衛門がそう告げて、店主とともに奥へと消えていった。留吉は、文次郎という男と二人、店へと残された。

「小僧さんはその辺りに座っていればいいよ」

文次郎が上がり框の端の方を指差す。留吉は言われた場所に大人しく座った。

「今時分はあまりお客が来ないからね。そんなに畏まらなくていいよ。ええと、そうだな……煎餅でも食べるかい。腹が減っているだろう」

「いえ、そんなことをしたら旦那様に叱られるかもしれないので」

「へえ。随分と厳しいんだな。まあ、もし見咎められたら、私に無理やり食わせられたと言えばいいよ。ちょっと待っててくれ。今、奥から持ってくるからね」

文次郎はいったん奥へと姿を消した。すごく感じのいい人だな、と思いながら留吉はその背中を見送った。

しばらくすると、文次郎は盆に煎餅と茶の入った湯呑みを持って現れた。座っている留吉の前に置き、文次郎もそばへ腰を下ろした。

「小僧さんは、年は幾つだい」

「十三です」

「そうか。食べ盛りだな。遠慮しないで煎餅をつまみなよ」

留吉が手を伸ばしやすいようにと考えたようで、文次郎が先に煎餅を食べ始めた。それを見た留吉も煎餅を手に取って口に運ぶ。特に何ということもない煎餅だったが、小腹が空いていた時だったので美味かった。

「口が渇くからね。お茶も飲んでくれ」

「ありがとうございます」

湯呑みを手に取る。留吉は猫舌なのですぐには飲まず、口を尖らせてふぅふぅと吹いた。そうしながら目をきょろきょろと動かして周りを見た。近くに人がいないか確かめたのだが、自分と文次郎の他には誰もいないようだった。大松屋の前の通りにも人通りはない。

留吉は目の動きを止め、茶を冷ますために息を吹きかけるのもやめた。じっと聞き耳を立てて辺りの音を探る。

すぐ近くで、自分たちではない者がぼそぼそと喋っている声が耳に入ってきた。

「どうしたんだい、小僧さん。ああ、奥で話しているのを聞いているのかい。あれは伊豆屋さんの商売とは関わりのない話だし、子供が聞いても分からないようなことだから、気にしなくていいよ」

文次郎は、伝左衛門たちの会話に留吉が耳を傾けていると思ったようだ。しかしそれは間違いだった。留吉の耳に入ってきているのは、明らかに女の声なのだ。

「いえ、旦那様とは別に、違う人が喋っていたような気がしたもので。でも、もう聞こえなくなりました」

今も聞こえ続けているのだが留吉は誤魔化した。この世の者の声ではないと気づいたからだった。その手のものに何度も遭っているので、さすがに分かるようになっている。

「ふうん。それなら、お化けの声かもしれないな。うちは質屋だろう。蔵に質草がいっぱい入っている。金への執着が染みついているから、たまに声のするものが混じることがあると質屋の仲間内では言われているんだよ」

文次郎という男は感じがいいだけでなく、どうやら勘も悪くないようだ。確かに留吉はお化けの声を聞いている。しかし残念ながら、それは質草の声ではなかった。声は蔵の方からではなく、今二人がいるこの店の中から聞こえているのだ。

留吉は「聞く」だけの力しかないから良かったが、もし忠次か銀太がここにいれば、その者の姿を目にしていたかもしれない。

「ああ、いや、勘違いだったみたいです」

留吉はそう告げて茶を啜った。これ以上、この話を続けたくなかった。近くにいるであろう女の幽霊に声が聞こえていることを悟られたら面倒なことになる。こちらに向かって話しかけてきたりしたら迷惑だ。女は今、別の人間に向かって何事かをぼそぼそと喋り続けている。恐らく、文次郎に対してだ。

近頃は「聞く」力がだいぶ弱まっているので、女の言葉をはっきりと聞き取ることはできない。だが、あまり楽しそうな内容でないことは確かだった。

――この文次郎さんは、いったいどういう人なんだろう。

興味を持った留吉は、店の中をきょろきょろと見回しながら訊ねてみた。

「おいらはまだ丁稚奉公を始めたばかりだけど、一生懸命働いて、いつかはこんな風な店を持ちたいと思っているんです。文次郎さんはこの店の跡取りなんでしょう。こんな立派な店を継げるなんて、羨ましいなぁ」

「ははは、ありがとうよ、うちの店を褒めてくれて。だけど私は跡取りではないんだ。兄がいるからね。だから、私はどこか別の店に婿入りするという形になるんだよ」

耳に入ってくる女の声がわずかだが大きくなった。口調が強くなったのだ。怒っているような感じだった。それでもまだ話の内容をつかむまでには至らなかったが、喋っている女がかなり若そうであることは分かった。

「ふうん。でも、文次郎さんならいくらでも婿入り先が見つかるでしょうね。人当りがいいし、何より男前だから」

「ははは、口がうまいな。実は今、縁談が一つ持ち上がっているんだよ」

女の声がさらに大きくなる。

「文次郎さんの縁談相手なら、きっとすごく綺麗な人なんだろうな」

「さて、それはどうかな。縁談なんて親同士が決めるものだからね。私は相手を見たことがないんだよ」

「でも、きっと器量よしの、気立ての優しい人に違いありませんよ」

留吉はそこで間を取るために湯呑みを口に運んだ。音を立てないように茶を飲みながら、女の声に耳を傾ける。残念ながら何を言っているのかはまだ聞き取れなかった。

「ふむ、そう願いたいが、果たしてどうだろうな。相手は麻布にある菊田屋さんっていう質屋の娘さんなんだけどね」

まさかここでその名が出てくるとは思わなかったので、留吉は、口に含んでいた茶を盛大に噴き出してしまった。

「き、菊田屋っ。まさか、お紺ちゃんっ」

「なんだい、知っているのかい」

「ああ、いや……おいら伊豆屋に奉公に来る前は、麻布の宮下町に住んでいたから。菊田屋さんは隣町にあって……」

「なるほど、ついこの間まで近くに住んでいたんだね。ということは、お紺ちゃんのことも知っているわけだ」

文次郎は身を乗り出すようにして留吉に顔を近づけてきた。

「お紺ちゃんという娘は、どんな人なんだい。やっぱり小僧さんの言うように器量よしで、気立てが優しい人なのかい」

「う、うん……」

困った。どう答えて良いか分からない。別にお紺の縁談が壊れても構わないのだが、それが自分のせいになるのだけは断じて避けたかった。もしお紺の耳に入りでもしたら後々大変なことになる。だからこそ、お紺の真の姿を正直には告げられない。しかし嘘も吐きたくない。

「……ええと、器量はいい方かな」

これは本当だ。お紺は黙っていれば器量よしなのだ。

「気立ては……ううん、どうかな。色々と細かいことに気が回る人みたいだけど」

妙な鋭さがあるという意味だ。そのために自分たちはお紺に振り回され、何かと迷惑を被ってきた。

「ほう。なかなか良さそうな娘さんだな。実はね、自分の目で見てみたいと思って、この間こっそり菊田屋さんを覗きに行ったんだよ。だけど残念なことに、お紺ちゃんは出てこなくて姿が見られなかった。あまり表に出ない人なのかな」

「箱入り娘らしいですよ」

本人からそう聞いている。文句はあるまい。

「そうか。それじゃあ小僧さんにお紺ちゃんのことを訊いても、あまりたくさんは答えられないかな。相手が箱入り娘なら、きっとそれほど会ったこともないのだろう」

いや、うんざりするくらい会った。一緒に江ノ島までの旅に行ったこともある。しかしそれを言うと、文次郎からさらに根掘り葉掘り訊ねられるだろう。

無言にならざるを得なくなり、それを誤魔化すために留吉はまた茶を啜った。いつの間にか女の声が聞こえなくなっていることに気づいた。

「まあ、いずれは料理屋みたいなところで相手の顔を眺めることもあるだろうから、それを楽しみにするよ」

ちょうど奥から伝左衛門たちが出てきたということもあり、文次郎との会話はそれで終わりになった。

留吉は奉公先の主を出迎えるために立ち上がった。伝左衛門は留吉の前に置かれている、湯呑みやまだ手が付けられていない煎餅が載っている盆にちらりと目を留めたが、特に咎めるようなことはしなかった。

二人は大松屋の店主や文次郎に挨拶をして、帰路についた。

三

大松屋を出た二人は北に進み、竪川に架かる二ツ目之橋を渡ってすぐに左に曲がった。そのまま竪川沿いを両国橋の方へと向かう。

来た時の道をそのまま戻っている。どうやら寄り道はせずにまっすぐ伊豆屋に帰るようだ。戻ったらすぐに頼まれた仕事の続きを始めなければならない。伝左衛門は、今日は機嫌がいいみたいだが、明日もそのままとは限らないからな、と考えながら、留吉は主の後ろを歩いた。

そうして川沿いにある相生町(あいおいちょう)の、一丁目と二丁目の間の辺りに差し掛かった時、不意に留吉は若い女の声を聞いた。

「……危ないわよ」

はっとして立ち止まり、慌てて辺りを見回した。行商人らしき男や、何かを運んでいる職人風の男たちの姿が見えるが、若い女の姿は目に入らなかった。

――ううん、まさかおいらについてきちゃったのかな。

何となく、大松屋でぼそぼそと聞こえていた女の声のように思えた。気のせいであることを願いつつ、留吉は再び歩き始める。

「……進まない方がいいわ」

また女の声がした。明らかに自分に向かって喋っている。

「だ、旦那様」

思わず前を行く伝左衛門を呼び止めた。

「どうしたんだね、留吉」

伝左衛門が怪訝そうに眉をひそめて、留吉の方を振り返った。伝左衛門に女の声が聞こえていないのは様子からして明らかだった。

「あ、いえ……妙な声がしたように思ったものですから。どうやら気のせいだったようです。申しわけありません」

「ふむ。ぼうっとして歩いているからじゃないのかね。気をつけていないと人様にぶつかってしまうよ」

伝左衛門は前へ向き直り、再び歩き出そうと足を踏み出した。

その時、少し先にある一膳飯屋の戸口を破って、男が道に転がり出てきた。すぐ後に二、三人の男が店を飛び出してきて、怒号を発しながら先に出た男を足蹴にし始める。

びっくりしながら眺めていると、さらに数人の男が店から出てきた。こちらは初めに転がり出てきた男の仲間のようだ。足蹴にしていた男たちとの間で揉み合いを始める。店の親父らしい年配の男も出てきて、男たちの間に割って入って止めようとしたが、後ろから羽交い絞めにされてしまった。

どうやら飯屋の中で何らかの揉め事があって、大喧嘩になったところらしかった。通りすがりの人や周りの家の人がわらわらと集まり出し、男たちを取り囲んで諫めたり囃し立てたりして大騒ぎになった。

「……これはいかん。私たちは回り道をして帰ることにしよう」

伝左衛門は横道に入った。少し進んだところで、留吉の方を振り返る。

「あのまま進んでいたら喧嘩に巻き込まれていたかもしれないね。留吉が聞いたのは、一膳飯屋の中であの連中が揉めていた声なのだろう。離れていたし、店の中だというのによく聞こえたものだ。お前、随分と耳がいいみたいだね」

「は、はい」

戸惑いながらも、留吉はしっかりと頷いた。まったくの勘違いだが、そういうことにしておいた方が、面倒がなさそうだ。

「自分ではそう思わないのですが、長屋にいた時も友達には聞こえない音や声が聞こえたりしまして……はい」

「ぼうっとして歩いているからだ、などと言って悪かった。むしろ私なんかより周りのことに気を回していたようだね。ふむ……また今回のようなことがあるかもしれないし、これからは用事があってどこかへ行く時には、なるべく留吉を連れて歩くようにするよ。お前もそのつもりでいるようにな」

「は、はい。分かりました」

留吉は心の中で大喜びしながら答えた。店の中でいつ終わるとも分からない仕事をやらされるよりはるかに楽だし、表を歩くことができて気分もいい。正体の分からない声の主に対して留吉は感謝した。

四

真っ暗な部屋の中で忠次は目を覚ました。

修業先の桶屋の二階だ。相変わらず隣で寝ている兄弟子のいびきが聞こえてくる。

――ああ、また嫌な夢を見たな……。

闇に目が慣れてうっすらと見え始めた天井を眺めながら顔をしかめた。この間のと似たような夢だった。ある店の屋根の上に女が立っているというものだ。

ただし、店は違っていた。前回見たのは狭い通りに建つ小商いの店という感じだったが、今度のは広い通り沿いに建っている大店だった。

屋根の上の女も別人だった。二十歳手前くらいの若い娘なのは同じだが、顔が違うのは分かった。この間の女は夕日を背にしていたが、先ほどの夢に出た女は、忠次から見てやや左の方から夕日を受けていた。多分南西の方を向いているのだろう。薄気味悪い笑みを浮かべて遠くを眺めているその顔は、尋常でないくらい青白かった。女がこの世の者でないことは、忠次には一目で分かった。その辺りはこの前の夢と同じだ。

——人通りの多そうな場所だったから、おいらも通ったことがあるかもしれないけど……。

忠次はもう一度、夢に出てきた店の様子を思い起こした。大店なので、店の表側の一階の屋根の上に大きな看板が掲げてあった。

——ええと、屋号は確か……、伊豆屋か。うん、知らないな。

少なくとも溝猫長屋のある麻布や、この修業をしている親方の家がある駒込の近くではなさそうだ。きっと遠くにある店なのだろう。

——おいらとは関わりがないよな。江戸にあるとも限らないんだし。

しかし、それならなぜこんな夢を見せられているのか。これまでは、夢で見るのは死んだ人、あるいは死につつある人の目を通した風景だった。しかしこの修業先へ来てから見た夢は、思い切り幽霊が出てしまっている。明らかにこれまでとは違う。いったいなぜだろう、と忠次は首を捻(ひね)った。

その時、隣で寝ている兄弟子が「んごっ」と変な声を出した。そのままいびきが止まる。

忠次は息を潜めて様子を窺ったが、いつまで経ってもいびきが始まらなかった。それどころか、息すらしていないように思われた。

これはまさか……死んだか、と心配になった時、再び兄弟子が大きないびきをかき始めた。

——なんか色々と妙な心配事が多いけど、今のおいらは懸命に修業に励むだけだからな。

下手に動いて、また死体が出てきたら面倒なことになる。修業先の親方や兄弟子に迷惑をかけてしまうかもしれない。ここは溝猫長屋ではないのだ。

夢のことは忘れ、明日に備えてさっさと寝てしまおう。忠次はそう考えて、兄弟子に背を向けて再び目を閉じた。

福をもたらすもの

一

「おや銀太、土をこねくり回して遊んでいるのかと思ったら草むしりをしていたのかい。それならちゃんとうちの方の草も抜くんだよ。どうせ地続きなんだから」

猫の額ほどの狭い庭の片隅にうずくまり、まだ顔を出したばかりの短い雑草をちまちまと摘んでいた銀太の背中に、お静の甲高い声がかかった。

「それが終わったら、うちの店の前を掃いといておくれよ。その次は水瓶を覗いて、もし減っているようだったら足しておいてもらえるかい。ええと、それから……」

銀太は修業先にいる。将棋盤作りの名人と言われた八十造という男の家だ。この八十造の元で熱心に技を学んで、自分もいつか世間に名を残すような立派な職人になるぞ、と銀太は意気込んでここへやってきたのだった。

ところが、着いてみると様子が違った。八十造はとうに隠居しており、もう将棋盤作りなどしていなかったのだ。連れ合いに先立たれてからは娘の嫁ぎ先である履物屋の隣に小さな家を建てて住んでおり、ほとんど何もせずに一日ぼんやりと過ごしていた。

今、銀太に声をかけたのがその八十造の娘である。お静、という名だが、中身はうるさい四十女だ。やたらと人使いが荒い。

「……ええと、それから、ついでに飯も炊いておいてもらおうかね」

ここへ来てからの銀太の仕事は、主に八十造の身の回りの世話や話し相手、そして隣の履物屋の掃除や飯炊きなどの手伝いだ。どこで話が捻じ曲がったのかは知らないが、先方は初めからそのつもりで銀太を雇ったらしかった。

「後で腰を揉むように頼まれていまして……」

「そんなのは、話をしながらあたしがやっておくよ」

お静はそう告げると、八十造のいる家の中へと入っていった。

珍しいこともあるものだな、と思いながら銀太は横目でその後ろ姿を見送った。ここへ来てまだ数日だが、お静という女は親の面倒をみるようなことはしたがらない女だという印象を銀太は受けている。

「ほら、お父つぁん。腰を揉んであげるからさ、うつ伏せにおなりよ」

家の中からお静の声が聞こえてきた。銀太に何かを指図する時は口やかましい感じの甲高い声を出すのだが、今は猫撫で声になっている。銀太はちょっと薄気味悪く感じたが、当の八十造の方は娘に珍しく優しくされたのが嬉しいのか、「おう、おう。ありがとうよ」などと礼を述べていた。

それからしばらくは当たり障りのない世間話が続いた。銀太にしてみればつまらない話だ。それに勝手に耳に入ってくるだけとはいえ、こうして二人の会話を聞いているのは居心地が悪かった。そろそろ草むしりを終えて履物屋の前を掃きに行くか、と銀太は腰を上げた。

「なんか、福をもたらす観音像ってのがあるのよ。この先にある小料理屋の、小野屋さんの話だけどね。すごいご利益があるらしいわ」

立ち上がって大きく伸びをした銀太の耳に、そんなお静の言葉が飛び込んできた。ちょっと興味を引く話だ。銀太は再び腰を落とした。

「小野屋の亭主の甚平さん。あの人は四十近くまで嫁の来手がなかったでしょ。悪い人じゃないんだけど口下手で、少し気の弱そうなところがあったから。それが半年くらい前に、急に綺麗なおかみさんを貰った。お父つぁんも会ったことがあると思うけど」

「そりゃ何度も小野屋さんには行っているからな。確か、お秀（ひで）さんって言ったな。うん、あれは美人だ」

「しかもまだ若いでしょ。だから二人でお店に立つようになってから、小野屋さんは随分とお客が増えたのよ」

小野屋、という店のことを銀太は頭に思い浮かべた。お静が夫婦でやっている履物屋を出て通りを進み、初めの角を曲がって少し行った所にある小料理屋だ。

銀太はここに来て早々、お静に使いを頼まれたことがあったが、帰る時にその店の前を通りかかった。店を開けるところだったらしく、亭主らしき中年男が戸口に暖簾（のれん）を掛けていた。ちょうどそこへ着飾った二十歳前後の女が来て店に入っていった。その際に男の方が「おかえり」と言ったので、二人は親子なのだろうと銀太は思ったが、違ったようだ。あれが甚平とお秀という夫婦らしい。

お秀のことを八十造とお静は美人だ、綺麗だと褒めているが、その時の銀太は、やたら値の張りそうな着物をまとった濃い化粧の女、と思っただけだった。しかし、きっと大人の目から見たらそう見えるのだろう。この辺りはよく分からない。

「当然、儲けも増えたようね。それでお秀さんは年じゅう芝居やら物見遊山やらに出かけているってわけよ。まったく羨ましい話だわ」

お静は話しながら腕に力を入れてしまったようだ。続いて「いててて」という八十造の声が聞こえてきた。

「あら、ごめんなさい……それでね、お父つぁん。実はね、あたし……甚平さんに訊いてみたのよ。急に運が巡ってきたけど、何か良いことでもしたんですかって。そうしたら甚平さん、誰にも言わないでくれよと前置きして、あたしだけに教えてくれたのよ。それがさっき話した『福をもたらす観音像』ってわけ。どこかの質屋さんで流れた質草を買ったらしいんだけど、それを手に入れてから美人のおかみさんを貰うし、お店は繁盛するしで、それはもう凄まじいご利益らしいわ。たくさん稼いだので近々ここから引っ越して、別の土地にもっと大きな料理屋を出すつもりなんですって」

「観音像ねぇ……そんなもの、小野屋さんにあったかな」

「店の奥に棚を設えて、そこへ大事に飾っているそうよ。それでね、お父つぁん。ここからが本当に聞いてほしい話なんだけど……」

周りに聞こえないように、と言うよりは八十造の興味を引くためなのだろうが、お静は幾分声を潜め、内緒話をするような口調になった。

「……その観音像を手に入れた時に質屋さんから聞いたそうなんだけど、その観音様のご利益は半年ほどでなくなってしまうらしいのよ。一人につき半年ってことね。多くの者に福をもたらすため、それくらいが経ったら次の人の手に回るようになっているんですって。つまり今は、甚平さんから次の人に観音像が受け継がれる時期なのよ。甚平さんはそれを売ってくれた質屋さんに持っていくことを考えていたそうなんだけど、そんな話を聞いたからには黙っているわけにはいかないじゃない。当然あたしは言ったわよ。それならあたしにその観音像を譲ってくれませんかって。そうしたら甚平さん、『一両なら売ってもいい』って言ったのよ。ねぇ、お父つぁん。そういうわけで、一両、出してくれないかしら」

「おいおい、一両なんてそうそう易々(やすやす)とは……。出せないことはないが、儂も隠居の身だからね、これから先の暮らしを考えると、金を無駄にするような真似(まね)はできない。ご利益なんて本当にあるのだか分かったものではないし……」

「もしあったらうちの店が繁盛して、お父つぁんも安心して暮らせるじゃない。それにご利益がなかったとしても損をするわけじゃないのよ。半年経ったらまた次の人に一両で売ればいいんだから。ねぇ、いいでしょ。一両出しておくれよ、ねぇ、お父つぁん」

お静の声は元の猫撫で声に戻っている。

「う、うむ……いや、しかし一両というのはさすがに……」

一方の八十造からは困惑したような声が漏れている。

ふん、なるほどね、と得心がいった銀太は深く頷いた。お静はここへ金の無心に来たのだ。珍しく八十造の腰を揉みだしたのは、逃げられないようがっちり押さえ込むために違いない。

お静と八十造との間でしばらく押し問答が続きそうだ。命じられた掃除や水汲みなどは、すぐにしなくても平気だろう。それなら面白そうだから、その観音像とやらを覗きに行ってみよう、と銀太は勢いよく立ち上がった。もしかしたら自分なら、何か見えたり感じたりするかもしれない。

小野屋は夕方から暖簾を出す店らしかった。今は七つ時を幾らか過ぎたくらいだから まだ閉まっている。きっと中で支度をしている頃だろう。

銀太はまず少し離れたところから店の様子を眺めた。特に怪しい点はない。ごく当たり前の、近所の大人たちが酒を飲みに来るような小料理屋だ。

それでも念のため店の戸口やその周囲などに目を配る。半分透けている女や、体が腐ってあちこちの骨が覗いているような男が見えることはなかった。もちろん観音様が戸口から顔を覗かせることもない。

次に銀太は通りをきょろきょろと見回した。歩いている人の姿がちらほらと目に入るが、銀太を気にしている者は誰一人なかった。それを確かめてから店に近づく。

鼻をくんくんと動かして辺りを嗅いだ。料理の仕込みか何かをしているのだろう。美味しそうな匂いがした。妙な臭いも、お寺などで嗅ぐような香の匂いも感じなかった。

耳も澄ましてみる。どこか遠くの方で小さな子供が泣いている声がしていたが、この小野屋のそばからは、これと言って気になるような音や声は聞こえてこなかった。ありがたい教えを説く観音様のお言葉が耳に入ってくることも、当然ない。

――まあ、そうだよな。

観音様のお姿を拝めるなどとは銀太も初めから思っていなかったので、がっかりすることはなかった。それより、怪しげな幽霊の気配もないことをつまらなく思った。実は八十造の家に厄介になってから、銀太はその手のものにまったく遭っていないのだ。

――もしかしたら力がなくなっちゃったのかな。

忠次や新七、留吉の三人は徐々に力が弱まっているようだと言っていた。自分の場合は、それが一気に失われたのかもしれない。

だとしたら、それは良いことなのだろう。この一年、幽霊に散々酷い目に遭わされてきたのだ。それがなくなったのだから、これからは安心して暮らしていける。

――ううん、でも……。

ちょっと残念だな、と銀太は思った。もう二度と見ることはない、となるとなぜか寂しい。それによく考えてみると、たいていの酷い目は幽霊よりもお紺から遭わされてきた。恨むならむしろそっちだ。

――でもまあ、仕方ないか。

銀太は大きく首を振ってから、小野屋をもう一度眺め、それから八十造の家に戻るべく足を踏み出した。

数歩進んだ時、小野屋の横の辺りからがたがたと戸が開くような音が聞こえてきた。銀太は前へ進もうと持ち上げていた足を戻し、そのまま二、三歩後ろへと歩いた。そして、音のした小野屋と隣の建物との隙間をそっと覗き込んだ。

先の方に小野屋の裏口があるらしい。そこから出てきた男の姿が見えた。見覚えのある顔だ。小野屋の主人の、甚平である。

体をこちらに向けているが、銀太が見ていることに甚平は気づいていなかった。よほど気にかかることでもあるのか、周りのことなど目に入っていないような様子だった。手を胸の辺りに当てて、じっとうつむいている。

しばらく眺めていると、やがて甚平は自分の懐へと手を入れた。そして首を傾げながら、神妙な顔でゆっくりと何かを取り出した。長さ一尺ほどの木切れのように見えた。

――まさかあれが、噂の観音像……。

銀太は目を細め、甚平の手にあるものをじっと見た。とても観音像とは思えなかった。幾ら目を凝らしても薄汚れた木の棒にしか見えない。

――それなら違うのか。

小料理屋だから火を使う。あれはきっとその際にくべる薪か何かだろう。

しかし、だとしたら甚平の様子が気になる。そんな棒切れを眺めながら首を傾げ、何度も溜息を吐いている。

――ううん、なぜだろうな。

銀太はまた目を細めて棒切れを見た。あまりにもじっと眺めすぎたせいか、目がかすんでしまった。いったん甚平から顔を背け、指で目をこする。

それから周りの家々や空に浮かんでいる雲を眺めた。くっきりと見えていることを確かめ、甚平の方へと目を戻す。

やはりまだぼんやりとしていた。甚平の手が二重になっているように見えている。

だが、それは目がかすんでいるからではなかった。

よく見ると、間違いなくそこには手が二つあった。甚平の手と、もう一つ別の誰かの手だ。それは黒い靄（もや）のように見える手で、甚平の背中の方から回されていた。まるで真っ黒い誰かを背負っているかのようだ。

甚平の手が動いた。持っていた棒切れを懐へ戻したのだ。何気ない動きだった。多分、甚平にしてみれば自分の意思でしたことだと思っただろう。しかし銀太の目には、背後から回されている手が甚平の手を導いて、棒切れを懐へと戻させたように見えた。

——なんだ、あれ？

銀太が驚いていると、甚平が不意に横を向いた。戸口をくぐって店の中へと戻っていく。

甚平の背中には何者の姿もなかった。それに、あの手もいつの間にか消えていた。

二

銀太が棒切れを眺める甚平の姿を見てから数日が経った。

その間、銀太の周りでは何事も起こらなかった。八十造の身の回りの世話や家の掃除をし、お静に頼まれて隣の履物屋の手伝いをしただけだ。その合間にちょくちょく小野屋を覗きに行ってはいたが、特に変わった様子はなかった。ただし銀太が行けるのは昼間のまだ日の高い頃だったので、店の中までは覗いていない。この前のように甚平が横の戸から出てくることもなかったので、あの棒切れを再び目にする機会は訪れなかった。

――どうなったんだろうなぁ……。

ぼんやりと考えながら銀太が八十造の肩を揉んでいると、家の戸口ががらりと開き、「お父つぁん、いる？」というお静の声が響いた。

「ああ、いたいた。お父つぁん、とうとうあれを手に入れたわよ」

部屋に入ってきたお静が、八十造の前にぺたりと座り、持っていた風呂敷包みを置いた。

細長いものが包まれているようだった。長さは一尺ほどだ。言うまでもなくそれは、観音像であろう。

銀太は首を伸ばし、八十造の背中越しに風呂敷包みを見た。お静の、女にしては逞しい指が結び目に伸びる。

果たして出てくるのはあの棒切れか。それともあれとは違う、ちゃんとした観音像か。息を呑んで見守っていると、お静の指の動きが不意に止まった。そして、じろり、という感じで下から見上げるように銀太へ目を向けた。

「ああ、銀太。お父つぁんの肩を揉むのはもう終わりにしていいよ。それより、うちの店の前に水を打っておくれ。近頃雨が降っていないから、土埃が立って困るんだよ」

「へ、へい」

がっかりしながら銀太は八十造の背中から離れた。どうやらお静は、銀太には「福をもたらす観音像」を見せるつもりがないらしい。

しかし、それで大人しく引き下がる銀太ではなかった。表へ出ると、お静に足音を聞かせるようにわざと小走りになって履物屋の方へ向かう。そうしておいて、すぐに忍び足で戻ってきて生け垣の陰から家の中を覗いた。天気が良いので庭側の障子戸は開け放たれており、中の様子がよく見えた。

風呂敷包みを解いたお静が、「ほら、お父つぁん。これだよ」と言いながら中身を持ち上げている。それは、あの甚平が眺めていた棒切れだった。

「小野屋さんは三日前に店を閉めたんだよ。昨日とおとといで店の中を片付け、今朝早く新しい店の方へ引っ越していった。その前に甚平さんがうちへ寄ってね。この観音様を置いていったんだ。ああ、もちろんお父つぁんの一両を渡したけれどね。前にも言ったように、もしご利益がなくても次の人に同じ値で売ればいいんだから、損をすることは……」

「いや、そのことはもういいが……お静、お前に幾つか訊ねたいことがある」

八十造は風呂敷の上に置かれていた棒切れを手に取り、それをじろじろと眺め回した。

「何を訊きたいのかしら」

「ええと、小野屋さんの引っ越し先はどこか聞いているかね」

「それはあたしも訊ねたけど、甚平さんは教えてくれなかったのよ。新しい店が落ち着いてから、この近所の世話になった人の所へ挨拶に来るらしいわ。ここ数日おかみさんのお秀さんの姿が見えなかったんだけど、どうやら店を出す支度のために一足先に引っ越し先へ行ってしまっていたようなのよ。だから挨拶は改めて夫婦そろって、というつもりみたいね。引っ越し先はその際に教えると言っていたわよ」

「ふうむ。随分と回りくどいことをするものだな。先に教えておけば、この近所からもお祝いで新しい店に駆けつける者もいるだろうに。それとも、よほど遠くに店を出したのか……ふむ、まあそれはいい。次に訊いておきたいのは……甚平さんは今朝早く来て、これを置いていったと言ったね。そのわりには、ここへ見せに来るのが遅いんじゃないのかね。もう昼はとっくに過ぎて、そろそろ八つ時になろうという頃だよ」

八十造はいったん棒切れから目を離し、お静をじろりと睨んだ。あまり娘に対して強く出ることのない父親だが、さすがに今回は自分の一両が使われているので、不満を伝えたようだ。

「実はあたしの他にも、この辺りのおかみさんの中にその観音像を狙っていた人が何人かいてね。その人たちの所を回って見せびらかしていたから遅くなったのよ」

まったく悪びれた様子を見せず、お静は平然とそう言って笑った。八十造はそんなお静に怖い目を向けていたが、無駄だと悟ったのかまた棒切れへと目を戻した。

「それでは、最後にもう一つお前に訊ねるが……これのどこが観音像なんだね。儂にはただの、木の棒にしか見えないんだが」

「ちょっとお父つぁん。いきなり何を言い出すんだい。どこからどう見ても立派な観音様じゃないか」

「いや、儂には……」

「ああ、そうか。あたしがすぐにここへ見せに来なかったから拗ねているんだね。だけど、さすがにそんなことを言うのは無理があるわよ。他のおかみさん連中に散々見せびらかした後だからさ。こんな立派な観音像ならご利益がなくてもいいから飾りたいって、みんな羨ましがっていたんだよ」

お静は八十造の手からひったくるようにして棒切れを取り、再び風呂敷に包み始めた。

「い、いや、それはただの……」

「やだねぇ、お父つぁんったら。いつまで言い続けるつもりだよ。悪いけど、あたしはもう帰らせてもらうからね。亭主に頼んで、これを置くための棚を作ってもらったんだ。早くそこへ飾ってあげないと」

お静は立ち上がった。それを見た銀太は慌てて生け垣の陰を離れた。履物屋へと急いで走り、手桶を取って裏の井戸へ水を汲みに行く。それから履物屋の前へ戻ると、ちょうどお静が帰ってきたところだった。すぐ隣だから早い。

当然、地面が乾いているからまだ水を打っていないことは一目瞭然だ。これは叱言を食らうぞ、と銀太は首を竦めた。ところが、お静はそんな銀太へ目すら向けようとせず、そそくさと店の中へと入っていった。

お静は胸の前に大事そうに風呂敷包みを抱えていた。どうやら心は観音像のことでいっぱいらしかった。

三

銀太は履物屋の前で水を打ちながら考えている。

頭の中に渦巻いているのは、あの「福をもたらす観音像」とやらのことだ。銀太にはただの棒切れにしか見えなかった。どうやら八十造もそうだったようだ。しかしお静や、あれを欲しがった他のかみさん連中にはちゃんと観音像に見えているらしい。もちろん小野屋の甚平にとっても、あれは観音像だったのだろう。

その甚平が懐からあの棒切れを出した時の様子も気になる。何か悩んでいるような感じだった。当然それは、あの棒切れについてに違いない。

そして、甚平の懐に棒切れを戻すような動きをした、あの手は何だったのか。先ほどお静と八十造が話していた時には見えなかったが、銀太には、あれは「棒切れに憑いている何か」のように思えてならなかった。

これまで何度も幽霊に遭っている銀太だからこそ、この手のものには確かな勘が働く。あの棒切れは「福をもたらす観音像」なんかではない。それどころか、むしろ「良くないもの」だと思われた。

——さて、どうしたものかな。

その「良くないもの」は今、お静が亭主とやっている履物屋の中にある。八十造の家に厄介になっている銀太であるが、実際はこの夫婦の方に飯を食わせてもらっている。いいように扱き使われているとはいえ、恩はあるのだ。

しかし、そもそも銀太は将棋盤作りの修業をするつもりでここへ来たわけで、それが果たされそうもないと分かってきた今は、どうやって逃げ出そうかと、その算段を考えてばかりいる。もしあの棒切れのせいでお静夫婦が良くない目に遭ったとしても、それはそれで別に構わないのではないか。

ただし、銀太にまでそのとばっちりが来たら迷惑だ。それは困る。

——うぅん。

銀太は首を捻った。甚平はあの棒切れを手に入れてから綺麗な女房を貰い、店も儲かるようになった。ということは、銀太の勘は間違っていることになる。それなら何もせずに、このまま様子を見ていても構わないのだろう。

——だけどなぁ……。

悩みながら銀太は手桶に柄杓を突っ込んだ。汲んだ水を勢いよくぶちまける。

「つ、冷てぇ。こら小僧、なんてことしやがるんだ」

通りかかった男の人に水がかかってしまった。

「ああ、ごめんなさい」

「けっ、謝ったって許さねぇぞ。てめえのような糞餓鬼を野放しにしておくと世間様が迷惑する。このことは溝猫長屋の大家、吉兵衛様のお耳に入れるから覚悟しておけ。三日三晩くらい続けて、しつこい説教を聞かされるがいいわっ」

「ひいい、そ、それだけはご勘弁を……って、親分さん、何やってんの?」

銀太が水をかけた相手は弥之助だった。

「何ってお前、見れば分かるじゃねぇか。知り合いの小僧がいたから声をかけようと思ったら、いきなり水をかけられたところだよ」

「本当にごめんなさい。ちょっと考えごとをしていたものだから……で、親分さんはどうしてこんな所にいるの？」

ここは本所の中之郷瓦町である。麻布を縄張りにしている目明しの親分が用もないのにうろうろするような場所ではない。

「もしかして、おいらの様子を見に来たのかな。大家さんに言われたかなんかして」

「お、銀太の癖に察しがいいな。近頃雨が降っていなかったが、これは明日あたり降るかもしれないな……うむ、確かに大家さんから頼まれていたのは事実だ。長屋から働きに出た他の子供たちの所へも行かなきゃならないし、猫の貰い手も探さなきゃならないしで、大家さんは忙しいらしいんだよ。だから、麻布から遠い銀太と忠次については、俺が様子を見に行くように言われていた。しかし、俺は今日、別の用件でここまで来たんだよ。なぁ銀太、ちょっと訊ねるが、お前はこの先にある小野屋さんとかいう小料理屋を知っているかい。甚平さんって人がやっていた店なんだが」

「へ？」

銀太はびっくりして、うろたえたように辺りをきょろきょろした。履物屋の店の中が目に入る。お静はもちろん、いつも店にいる亭主の姿も見えなかった。夫婦そろって「福をもたらす観音像」にかかりっきりになっているらしい。

それなら好都合と、銀太は弥之助の袖口を引っ張って少し離れた通りの端まで連れていった。小声で話しかける。

「親分さん、詳しいことを教えてほしいんだけど。色々あって、おいらも甚平さんのことが気になっていたんだよ。もしかして何かあったの？」

「うむ、あった。甚平という人は今日の昼前頃に、渋谷川のほとりを歩いていたんだが……」

「新しく出した店ってのがそっちの方にあったのかな」

「いや、その辺りは田んぼや畑、雑木林しかない寂しい所だよ。小料理屋なんか出しても狸しかやってこまい。甚平さんはな、そこの木立の中にひっそりと建っている、とある小屋の中に入っていったんだ。実はそこは、『なぜか首を吊ろうという人がよく訪れる掘っ立て小屋』らしくてな。これまでその小屋で、何人もの人が死んでいるらしい。甚平さんはその中にふらふらと足を踏み入れて……」

「ま、まさか」

「……首を吊ったんだ」

「ふぇええぇ」

やっぱりあれは「福をもたらす観音像」ではなかったのだ。最初に見た時から、銀太自身はそう感じていた。何しろただの棒切れにしか見えないのだから。

あの時、甚平に声をかけるべきだった、と銀太は後悔した。よく知らない小僧がいきなり話しかけたところで追い払われるだけだったかもしれないが、万が一ということもある。銀太の立ち回り次第では違う結果へと導かれていた、なんてこともあり得ない話ではない。

「ああ、おいらのせいだ。おいらにはお化けとか怪しいものを感じる力があるのに、何もすることができなかった」

銀太はその場に膝を突いた。うつむいて、手のひらで何度も地面を叩いた。

「おいらが悪いんだ。おいらのせいで……」

「別に銀太が何かをしたせいで甚平さんが首を吊ったわけではあるまい」

「だけど、それを止めることはできたかもしれないんだよ。あの時、甚平さんの話を聞いてあげるべきだったんだ。そうすれば甚平さんは死なずに済んだかもしれない。だからおいらのせいなんだ。おいらの考えが甘かったから甚平さんは死んだんだ。おいらが殺したようなものなんだよ。おいらが……」

「生きてるけどな、甚平さん」

「へ？」

銀太はゆるゆると顔を上げた。訝しげな表情を浮かべながら弥之助に訊ねる。

「だって親分さん、甚平さんは首を吊ったって……」

「うむ、吊ったよ。『首吊り小屋』なんて呼ばれて近在の者に忌み嫌われている場所に入り込み、梁に縄をかけて間違いなく吊った。ところがだな、不吉なものだから長らく誰も寄り付かなかったその小屋で、最近になって暮らし始めた人がいたんだよ。甚平さんはその人に助けられたんだ。で、この俺が呼ばれた。小屋に住み始めた人と知り合いなものでな」

「へえ、甚平さん、死んでないんだ……じゃあいいや」

銀太はすっと立ち上がった。にこにこしながら着物の裾や膝に付いた土埃をはたく。

「生きてさえいれば何とかなるよね、親分さん」

「まあ、確かにそうだが……」

さすがの弥之助も銀太の変わり身の早さに少し驚いているようだ。

「だけどその親分さんの知り合いも変わった人だね。『首吊り小屋』なんて呼ばれている場所にわざわざ住むなんて」

「あ、ああ……間違いなく変わり者だ。とてつもなく変な人だ。で、俺はその人に呼びつけられて、甚平さんから話を聞いたんだよ」

「観音像のこと、何か言ってた？」

「おっ、銀太も知っているのか」

「まあね……」

銀太は履物屋の方へ顔を向けた。まだ店の中にお静や亭主の姿はない。多分、奥で熱心に手を合わせるか何かしているのだろう。

「……甚平さんは、その観音像を手に入れてから運が巡ってきたって聞いたけど」

弥之助の方に顔を戻して訊ねる。すると弥之助は大きく首を振った。

「そうではなかったらしいぞ。確かに美人のかみさんを貰うことはできた。そのかみさん目当ての客が増えたのも事実だ。しかしその儲けでは追いつかないくらい、かみさんの金遣いが荒かったらしい。甚平の知らない間に店の物を質に入れたり、素性の良くないところから借金をしたりしていたようなんだ」

「ふうん、あの人がね」

銀太は一度だけちらりと見たことのある甚平の女房、お秀の様子を思い起こした。銀太でも分かるくらい値の張りそうな着物を着ていたが、そういうものはすべて借金で賄っていたのだろう。

「甚平さんもかみさんに文句を言えば良かったのに。一緒に暮らしているんだから、お金をたくさん使っていることは分かっていただろうに」

「気の弱そうな男だったからな。うまく言えなかったんだろう。それに、自分のようなところに来てくれたんだから、という風に、若くて綺麗な女房に負い目のようなものも感じていたんじゃないかな。それでなかなか意見ができないうちに、いつの間にか借金が膨らんでいた」

「お秀さんはどうするつもりだったんだろう。そんな借金をしたら、後で自分も苦労するのが決まっているのに」

「当然、逃げたよ。きっと初めからそうするつもりだったんだろうな。数日前に姿を晦(くら)ましたそうだ」

「うわあ……甚平さんも可哀想に。そりゃ首の一つも吊りたくなるよね」

お静に対して、近々ここから引っ越すと語ったのは嘘だったのだ。多分、その頃に女房が消えて、甚平は自らの死を決意したのだろう。

「うむ。そこで気になるのが、初めに話に出てきた、『福をもたらす観音像』とやらなんだ。俺はそれを調べるためにここへ来たんだよ。甚平さんは質屋で観音像を買った。すると綺麗な女房を貰うことができた。福が来たわけだ。ところがその女房は性根の腐った女だった。甚平さんはその女のせいで借金を抱え、とうとう首を吊る羽目になった……と、こういうことなのだが、そうなると三つの考え方ができるんだ。観音様のご利益で甚平さんは分不相応なほど綺麗な女房を得た。だがそれで運を使い果たし、次は反対に大きな不幸に見舞われた、というのが一つ目だ。人が持っている運、不運の量は決まっている、ということだな。世の中にはこういう考えをする人が結構いる。禍福は糾える縄の如し、なんて言葉もあるくらいだからな。だが、それではそもそも観音様が悪いのではないか、という話になりかねん。そんなはずはないから、二つ目の考え方が持ち上がる。その観音像には、ありがたい観音様ではなく何か別の良くないものが取り憑いている、ということだ。目明しという立場としてあまりこういう考えを持つのは駄目なんだが、お前たちのせいで世の中にはその手のものもいると俺には分かっているからな。この考えも捨てきれない。そして最後の三つ目は、そもそも『福をもたらす観音像』なんてのは嘘っぱちで、すべては仕組まれていたという考え方だ。つまり、甚平さんに観音像を売った質屋、嫁に来たお秀とかいう女、そのお秀が金を借りた素性の良くない金貸し……そいつらはすべて仲間で、初めから甚平さんを陥れるために動いていた、ということだな。目明しとしてはこの考えが一番面白い。そう願ってここへ来てみたんだが……」

「二つ目だよ」

銀太はあっさりと答えた。弥之助はちょっと嫌そうな顔をした。

「あの観音像、おいらにはただの棒切れにしか見えないんだよね」

八十造もそうだった。しかしお静や他のかみさん連中には観音像に見えたらしい。

多分、欲を持っている人間にはそう見えてしまうものなのだろう。甚平は、もしかしたら最後の方は棒切れに見えていたかもしれないが、初めは立派な観音像だと思ったに違いない。

「ううん、銀太がそう言うなら二つ目なのか。参ったな、俺はここへ、その観音像を始末するために来たんだよ。甚平さんに頼まれたし、首吊り小屋に住んでいる知り合いからも無理やり命じられたからね。確かにそんなものなら、捨てちまった方が世の中のためになる。しかし俺みたいなのが下手に触ると何か良くないことが起こりそうだ」

「そうだね……」

甚平の背後から伸びた手のことを思い出した。もしかしたらあの時、甚平はあれを捨てようかどうか迷っていたのかもしれない。そういうものが憑いているなら扱いに気を付けなければなるまい。弥之助には多分、無理だ。

「一つ分からないことがあるんだけどさ」銀太は首を傾げながら弥之助に訊ねた。

「どうして甚平さんは観音像を一両で売ったんだろう。死ぬつもりなら、お金なんかいらないのに」

「ああ、それについても甚平さんは話していたな。小野屋を出す時に世話になった人がいたらしい。どうしてもその人にだけは、借りていた金を返してから死にたいと思ったそうなんだ」

「でも観音像を売ったら、その人も不幸になると甚平さんは気づいていたんじゃ……」

「うむ。だからかなり迷ったらしい。そんなところへ、近所のかみさんがやってきたそうなんだ。どうもね、その女は甚平が運をつかんだことをやっかんで、あることないことを色々と周りの人たちに言い触らしていたみたいなんだ。それで、この女ならいいかと思ってしまったようだな。甚平さんは、俺の知り合いに助けられた後で、随分とそのことを後悔していたよ」

「ふうん」

あのお静なら、そういうこともしそうだ。甚平さん、別に気にすることはないのに、と銀太は思った。

「ちょっと銀太、どこに行ったんだい。水を打ち終わったら、次はお湯を沸かしといておくれ。お茶が飲みたくなったからね」

突然、甲高い声が聞こえてきた。そちらへ目を向けると、履物屋の前に立ったお静がこちらを睨んでいた。

「おや、誰かと話していたのかい。お客様か何かかね」

弥之助がいることに気づいたお静は、今度はそちらへ不躾な目を向けた。

「ああ、いえ、ちょっと道を訊ねられただけです。もうこちらは終わったので、すぐにお湯を沸かしに参ります」

銀太が答えると、お静はふん、と鼻を鳴らして店の中へ戻っていった。その背中に、何やら黒い靄のようなものがまとわりついているのが見えた。甚平の手と重なった手と同じものだ。観音像に憑いていたのが、今はお静の方に移ったらしい。

ふふん、と軽く笑った後で、銀太は弥之助の方へ向き直った。

「あれがおいらの雇い主だよ。店の隣で暮らしている八十造っていう人の元で修業するはずだったんだけどさ、来てみたら話が違っちゃってたんだよね」

「そうなのか。それは大家さんの耳に入れておかなくちゃな。明日辺り溝猫長屋へ行って伝えておくよ」

「うん、よろしく。ああ、それと、さっきおいらは二つ目だと言い切ったけど、もしかしたら三つ目と混じっているかもしれない。質屋さんが『そういうもの』だと承知で売ったということも考えられるからね。その辺りは親分さんが調べてよ。観音像の方はおいらが何とかしておくから」

「うむ、調べてみるが……お前の方は平気なのか」

「おいらには憑いているものが見えるから」

任せておいてよ、と銀太は胸を張った。

弥之助と別れてから履物屋の中を覗いた銀太は、亭主が店番のために帳場に戻っていることを確かめた。それから裏口へと向かう。

台所は裏の戸口を入ったところだ。狭い土間の隅に竈が設えてある。お湯を沸かすならそこだが、銀太は立ち止まらず、そのまま家の中に上がった。

忍び足で進みながら、お静の気配を探った。上でがたがたと音がするので、どうやら二階にいるらしい。

帳場の隣にある部屋を覗くと、いつの間にかそこに棚が作られており、その上にあの棒切れが恭しく飾られていた。危うく銀太は笑い出しそうになってしまったが、すぐ隣に店の亭主がいるので必死に堪えた。気を落ち着かせて、棚の上の棒切れにじっと目を注ぐ。

何もなかった。怪しい気配すら感じられない。そこにあるのはただの木の棒だ。

――思った通りだ。

あの棒切れに憑いていたものは、今はお静の方にいる。

それなら今のうちだよな、と銀太は棚に近づき、棒切れを取り上げた。それから裏の土間へと引き返した。

火口箱を取って急いで火を熾す。そしてある程度まで燃えたところで、おもむろに火の中へ棒切れを放り込んだ。

その瞬間、家じゅうに凄まじい悲鳴が響き渡った。二階からだった。

「ど、どうしたお静、何があった？」

帳場から亭主が飛び出してきて、慌てた様子で梯子段を上がっていった。

「あ、あたしじゃないよ」うろたえているお静の声が聞こえてきた。「あたしとは別の人の声がいきなりしたんだよ。しかも、この部屋の中でだよ。いったい何だって言うんだい……」

何なんでしょうねぇ……と呟きながら、銀太は竈の上に水の入った薬缶を載せた。どんな味のお茶ができるか楽しみだな、と思った。

四

お多恵ちゃんの祠へのお参りを終えた寅三郎が自分の部屋へ戻っていくのを、弥之助は静かに見送った。

今のところ寅三郎は幽霊に出遭っていないらしい。昨日の様子ではまだ銀太に力が残っているようだったから、寅三郎が見ることはないのだろうな、と弥之助は考えていた。

「……さて、先ほどの続きだが」

隣で一緒に寅三郎を見送っていた吉兵衛が口を開いた。二人は寅三郎が来る前に甚平の件の話をしていたのだ。

「観音像のことは銀太に任せて、お前はお秀とかいう女や金貸しについて調べに行ったのだったね。何か分かったかね」

「はい。それはもう、凄いことが分かりました。これを聞いたら大家さん、腰を抜かすくらい驚きますぜ」

「ふん、お紺の縁談話の件を聞かされて以来、儂は何を耳にしても驚かなくなったんだよ。あれを超えるものはそうそうないからな。まあ、どれだけの話か楽しみにさせてもらうよ。ではまずお秀とかいう甚平の女房のことから訊こうか。どこへ逃げたんだい」

「さあ。どこへ行っちまったんでしょうねぇ」

「ああ？」

吉兵衛はおっかない顔で弥之助の頭のてっぺんから足の先までをじろじろと眺め回し、それから、ちっ、と舌打ちした。

「お前、岡っ引きとしての腕が落ちたんじゃないのかい。やはり辞めるべきだ」

「まあまあ大家さん、そう言わずに聞いてください。お秀のことを調べているうちに、それはもう面白いことが分かったんですよ。大家さんは忠次が妙な夢を見たことを覚えていますかい。床下に埋められる夢を見た後で、本当にそんな目に遭った男がいたと分かったこととか」

「覚えておるよ。窓から外を眺める夢を見た後で、同じ景色が見える場所で首を吊っていた男を見つけたこともあったな」

「どちらの死にも借金が絡んでいるんですがね、どうもそれが、お秀が借りた先と同じ金貸しらしいんです。床下で死んでいた方は金貸しの仲間で、借金を取り立てる仕事をしていたようだ。首を吊った男は、借金をして取り立てられる方ですね」

「ほう」

弥之助の言葉に吉兵衛は目を丸くした。が、すぐに元の渋い顔に戻った。

「確かに少し面白いが、まだびっくりするほどではないな」

「はあ、それではもう一つ。お秀が着物を仕立てていた呉服屋なんですけどね。浅草にあるんですよ。伊豆屋さんって言うんですが」

「お、お前、それは……留吉の」

「そうです。留吉の奉公先ですよ。どうです、驚いたでしょう」

「むむっ」

しばらくの間、吉兵衛は言葉が出ずに唸っていたが、やがて立ち直った。

「ううむ、それはまあ、伊豆屋さんは立派な呉服屋さんだからな。良い着物が欲しいと思ったお秀が訪れても不思議はない。特に驚くことではないよ」

「ええ、参ったなぁ」

こんなことで頑張らなくていいのに、と弥之助は呆れた。もう一つ分かっていることがあるが、それについてはいたずらに吉兵衛を心配させたくないと思って黙っているつもりだった。しかしこうなったら喋ってしまおう。

「では最後にもう一つ。これは別に私が調べ回ったわけじゃなくて、甚平さんから聞いただけですけどね。甚平さんが観音像を手に入れた質屋のことです。深川にある大松屋という質屋らしい。そこはお紺ちゃんの縁談相手として名が挙がっている……」

「ううう」

吉兵衛が胸の辺りを押さえて座り込んだ。弥之助は慌てて「お、大家さん」と駆け寄った。

「おい弥之助、儂は年寄りなんだよ。それなのに、次から次へとそんな話を聞かせて……」

「だって、大家さんが意地を張るから」

「そういう時は若い方が折れるものなんだ。年寄りには気を遣いなさい。まったく、危うく殺されるところだった。もう平気だ。落ち着いたよ」

吉兵衛は立ち上がった。それから、お多恵ちゃんの祠の方へと目を向けた。

「一つ一つは、『まあそういうこともあるかもな』と考えられなくもない話だが、それがこう重なってこられると、やはり気になるな。おい弥之助、縄張りとは別の場所のことで動きにくいかもしれないが、この件についてはしっかりと調べてくれよ」

「はあ、もちろん」

「それでは儂は帰る。ちょっと休みたいんでね」

吉兵衛はふらふらと家の方へ戻っていった。

――あ、銀太の修業先のことを伝えるのを忘れた。

吉兵衛の背中を見送っている途中で弥之助は思い出した。呼び止めようかとも思ったが、さすがにこれ以上の心労を吉兵衛にかけるのはまずいと思い直す。

――まあ、あいつなら放っておいても平気そうだしな。

それより金貸しと、質屋の大松屋。この二つを調べ上げるのが先だ、と弥之助は銀太のことを頭から捨て去った。

縁談相手の二人　その二

一

「ああ、旦那様」

　留吉は前を歩く伊豆屋の主人、伝左衛門を呼び止めた。

　今日も留吉は伝左衛門のお供として一緒に大松屋へ向かっていた。その途中、竪川に架かる二ツ目之橋の手前でのことだ。

「どうしたのだね」

　立ち止まった伝左衛門が怪訝な顔で振り返る。

「ええと、妙な音がしたものですから」

「ほう。お前が言うのなら気を付けた方がいいのかな」

そう伝左衛門が言った途端、すぐ先の路地から数人の子供が飛び出してきた。そこは長屋の木戸口へと続いている路地だった。どうやら住んでいる子供たちが長屋の中で鬼ごっこをしていたようだ。鬼に追われて通りまで出てきてしまったらしい。

「ふむ。あのまま進んでいたらぶつかっていただろうね。この前もそうだったが、お前は本当に耳がいい。私にはあの子たちの足音は聞こえなかったよ。お蔭で助かった。帰りに団子か何かを買ってやろう。店の者には黙っておくようにな」

「はい、ありがとうございます」

留吉は頭を下げた。それから、再び大松屋へと歩き出した伝左衛門の後ろをにやにやしながらついていった。

留吉は今、仕事がとても楽しかった。どうしたら良いか、してはいけないことは何かを、頭の中に響く女の声が教えてくれるからだ。

それは常に正しかった。伝左衛門や番頭、手代から何かを命じられる前に内容を知り、前もって動くことができた。少し前に大きな地震があったのだが、その際は店にあった壺(つぼ)が倒れないように押さえておいて、伝左衛門に褒められた。それから、失(う)せものを見つけるのも得意になった。それもこれも、すべて声のお蔭だ。今も、頭の中で「危ないわよ」と聞こえたから伝左衛門を呼び止めたのだった。

——この声があれば、この先も生きていくのが楽だよなぁ。仕事でしくじることがないからどんどん出世していって、いずれは番頭まで上がることができるに違いない。伊豆屋を守り立ててもっと大きく……いや、それよりも独り立ちして、自分の店を持った方がいいかな。その方が大儲けできる。それで溝猫長屋にいるお父つぁんやおっ母さん、弟や妹を呼び寄せて……。

終始にやにやしっぱなしでそんなことを考えているうちに大松屋に着いた。

「ああ、この間の小僧さんか。まあ、そこに座りなよ」

大松屋に入ると、前と同じように伝左衛門は奥へと通されていき、留吉は店の土間に残った。店番をしているのはやはり文次郎だ。促されるまま、留吉は上がり框に座った。

「今日は煎餅とか饅頭とかはないんだ。すまないな」

「ああ、いえ、構いません」

どうせ後で団子が食えるんだから、と思いながら留吉は首を振った。

「それより文次郎さん。お紺ちゃんとの縁談はどうなりましたか。おいら、それがずっと気になっていたんだけど」

「今度、会うことになっているよ」

「えっ、まさか。本当に？」

それはまずいんじゃないの……と留吉は心の中でお紺の父親の岩五郎に対して文句を言った。もし本当に縁談をまとめる気があるなら、ぎりぎりまでお紺は隠しておいた方がいい。出すのは一緒になるとはっきり決めてからだ。そうじゃないと相手に逃げられかねない。

「まあ、会うと言っても直に話をするわけじゃないけどな。遠くから眺めるだけだよ。通りのこっち側とあっち側に向かい合っている料亭の二階で、別々に飯を食うだけだ。お互いに、窓越しに相手の顔を覗ける手筈になっているようだな。縁談なんて親同士が決めることだから、世の中にはまったく相手のことを知らないまま夫婦になる者もいるが、まあ顔くらいは見ておいた方がいいんじゃないかと、菊田屋さんの方で言い出してね」

「ああ、なるほど」

それはうまい手だ。顔だけで済むなら見せておいた方が縁談はまとまりやすいかもしれない。何しろお紺は、器量だけはいいのだから。

留吉は岩五郎を見直した。同時に、これは本気だな、と思った。

「……文次郎さんは、この縁談に乗り気なの？」
恐る恐る留吉は訊ねた。岩五郎の気持ちを考えると、縁談はうまくいった方がい
い。しかし、相手のことを考えると首を傾げる。お紺の夫になることは間違いなく大
変だろう。もしあまり気が進まないようなら、ここでおいらが止めるべきだ。
「もちろんだよ。店を継ぐ兄がいるのだから、俺はいずれここを出なくてはならな
い。だったら早く落ち着き先を見つけないといけない。うかうかしているうちに年を
取って、いい婿入り先がなくなってしまったら困るからな。それに菊田屋さんはうち
と同業だから、俺にとっては本当に『いい婿入り先』なんだよ。仕事のことはすべて
分かっているから、改めて覚えることはない。すぐに目いっぱい働けるんだ」
「ふうん」
自分の商売の才に自信があるのだろう。確かにその人当たりの良さは二回会っただ
けの留吉にも分かる。
「菊田屋さんにとってもいい話だと思うんだよな。俺ならきっと良い婿になって、菊
田屋さんを守り立てていけると思うんだ」
それは間違いないと留吉も思う。だが、心配なのはそこじゃない。
「お紺ちゃんって人のことも、俺はよく知らないけど、うまくやっていく自信はある

よ」

いや、それはどうかなぁ……と留吉は首を傾げた。その時、留吉の頭の中で、あの女の声が「そう、うまくやっていけるわ」と囁いた。

あまりにも意外な言葉に、思わず留吉は「ふえ？」と妙な声を上げてしまった。

「どうしたんだい、小僧さん。いきなり変な声を出して」

「あ、いや、その……ちょっと聞き取れなくて。文次郎さん、何て言ったの？」

「お紺ちゃんって人とうまくやっていく自信があるって言ったんだよ」

留吉の頭の中に、「そう、その通りよ」という声が響いた。

「えぇぇ」

留吉は目を丸くした。この文次郎は「お紺とうまくやっていける人」なのだ。にわかには信じがたいが、あの声が言っているのだからそうなのだろう。

「小僧さん、さっきから様子がおかしいが、どこか具合でも悪いのかい」

「あ、いや、そんなことないよ。文次郎さん……縁談、うまくいくといいね」

「ははは、ありがとうよ」

文次郎は大きく笑い声を上げながら礼を言った。そのまましばらく笑い続けていたが、不意にその顔に影が差した。

「……だがな、少し気にかかることがあるんだよ」

「どんなこと？」

「実はね、うちとほとんど同じ頃に、菊田屋さんに縁談を申し込んだ人がいるらしいんだ」

「ああ……」

小竹屋の杢太郎のことが耳に入ったらしい。

「菊田屋さんは、俺とそのもう一人を天秤にかけているようなんだ。でも、それは別に構わない。大事な娘さんの相手を決めるのだから、親として慎重になるのは当然だろう。菊田屋の今後のこともあるわけだからな。俺が気になっているのは、そのもう一人の相手のことなんだよ。やはり質屋の倅なんだが、同じ商売だから、そいつの評判はたまに耳に入ってくるんだ。あまりいい話は聞かないんだよ」

留吉の頭の中に、「その男は駄目」という声が響いた。どうやら杢太郎のことを言っているようだった。

「決めるのは菊田屋さんだが、そいつに比べると、間違いなく俺の方がいいと思うんだよ」

文次郎が言うと、留吉の頭の中に「その通りよ」という声がした。

「話に聞いたところでは、そいつは顔が怖くて、口が悪くて、商売も下手で……」

今度は「そうね、その男は駄目だわ」という声が聞こえた。

——ううむ。

頭の中の声は明らかに文次郎を勧め、杢太郎を拒んでいる。これまでのことを考えると、その声は正しいはずだ。それはいい。だが、それよりも……。

——ちょっとうるさいんだけど。

これは早々に縁談のことから話を変えなければ、と留吉は思った。

大松屋の主人との話を終えた伝左衛門が奥から出てきたので、留吉は帰路についた。うんざりした表情を浮かべながら伝左衛門の後を歩く。

あれから留吉は何とか縁談とは別のことへ話を変えようと努めたのだが、残念ながらうまくはいかなかった。その後も文次郎が、自分の方がふさわしいと言うたびに「そうそう」とか「その通りよ」という声がし、杢太郎のことを話すたびに「駄目」とか「やめた方がいい」と聞こえ続けたのだ。頭の中へ届く声なので聞かないわけにはいかないし、文次郎から変に思われたくないのでそちらの話にも耳を傾けなければならないしで、留吉はぐったりしてしまった。

――ああ、本当に疲れたなぁ。

声の主はよほど縁談のことが気になっているらしい。そう言えばこの声が聞こえるようになったのは、前に大松屋さんを訪れてからのことだった。それなら、もしかしたらご先祖など、大松屋さんに縁のある人なのかもしれない。

――その人が言うのだから、やはり文次郎さんとお紺ちゃんはうまくいくのかなぁ。

しかし縁のある人だからこそ、文次郎を贔屓目(ひいきめ)に見ているということも考えられる。

これは難しいぞ、と留吉が首を捻っていると、頭の中で「危ないわよ」と声が響いた。

「旦那様」

とっさに前を行く伝左衛門を呼び止めた。

伝左衛門はすぐに足を止め、辺りをきょろきょろと見回した。留吉も周りに目を配る。しかし特に目に付くようなものはなかった。

「……何があるんだね、留吉」

「いや……」

何もなさそうだ。今のはただの気のせいでした、と留吉は頭を下げかけた。

その時、二軒ほど先にある店の二階の窓に嵌まっていた障子戸が突然外れた。すぐ下に突き出している屋根の上で一度跳ね、それから通りへと縦に落ちてきた。

店の中から奉公人と思われる若い男が、慌てて飛び出してくる。そのすぐ後に、店主らしき中年男が続いた。

「ちゃんと嵌めとけって言っただろう。二階の窓は立て付けが悪いんだよ。誰もいなかったから良かったが、もし人が通っている時だったら大変なことになっていた。怪我をさせたかもしれないよ」

店主が奉公人を叱り飛ばしている。

「ああ、あれのために呼び止めたのか。しかし留吉、よく分かったな。どんなに耳が良くても分からないような気がするんだが」

伝左衛門は不思議そうな顔をした。

「あ、いや、ぎしぎしという音がしたような……」

「ふむ。まあいい。とにかく今回もお前のお蔭で助かった。あんなのが頭の上に落ちてきたら、あの店主が言っているように怪我をしたに違いない。いや、下手をしたらそれでは済まず、もっと大事になっていたかもしれない。やはりお前が呼び止めた時はすぐに止まった方がいいな。間違いというものがない」

「は、はあ……」

店の奉公人が外れた障子戸を片付けたのを見て、伝左衛門が再び歩き出した。その後を追いながら、留吉は一つの決心をした。どうやらたまに吉兵衛が、伊豆屋まで自分の働きぶりを探りに来ているらしい。その際に顔を合わせて、頭の中に聞こえる声のことを話そう。そして、お紺の婿は杢太郎ではなく、文次郎に決めるべきだと岩五郎に言うように頼むのだ。何しろこの声には、間違いというものがないのだから。

二

新七は離れた場所から小竹屋を窺っていた。そうしながら、お多恵ちゃんの祠によってもたらされた力について考えていた。

幽霊に遭うと「臭いを感じる」という力は徐々に衰えていたはずなのに、ここ最近、やたらと白粉の匂いが鼻を衝いていた。しかも怪しい場所に近づくとするのではなく、世話になっている秩父屋にいる時にも感じるのだ。

これが始まったのは大松屋を訪れた日からなので、新七はそこで何かを「拾って」

しまったのだろうと考えていた。そこで今日、もう一度その大松屋へ行ってみようと思って秩父屋を出た。だがその前に、より近くにある小竹屋を念のために訪れてみたのである。

そうしてみて良かったようだ、と新七は思った。小竹屋に近づくにつれて、白粉の匂いがきつくなっていったからだった。店が見える場所にいる今は、すぐ横に女が立っているのではないかと思えるほどに匂いが強くなっている。

——大松屋に行く前の日に、小竹屋を訪れたんだよな。

実はその時に女の霊が自分に憑いたのかもしれない。そうでなくとも小竹屋のそばに来ると匂いが強くなったのだから、女の霊と小竹屋には何か関わりがあるに違いない。

そう考えながらじっと小竹屋を眺めていると、中から杢太郎が出てきた。ただでさえ厳(いか)つい顔なのに、さらに眉根を寄せた険しい表情をしているので、震え上がるほど怖かった。

——ありゃ鬼だな。見つかったら取って食われそうだ。

だがその心配はなかった。新七がいるのは、小竹屋から少し離れた曲がり角に建っている家の陰だ。小竹屋と同じ通りに面している側には生け垣があり、角を曲がった側には板塀がある。新七はその板塀にある小さな節穴から片目だけで小竹屋を覗いているのだ。つまり板塀と生け垣、二重に目隠しになっているのである。これなら見つかりっこない。

——しかし、何をしているんだろう。

小竹屋から出てきた李太郎は、店の前で仁王立ちしている。じっとして、ただ目だけを左右に動かしているようだ。

——何か探しているのかな。

まさか、俺だったりして……と新七が思った瞬間、李太郎の顔がぐわっと動いた。まっすぐに新七の方を向く。

——え、嘘だろ。

とっさに新七は板塀の節穴から顔を離した。だが、そんなことはあり得ない。自分は一寸にも満たない節穴から見ていたのだ。生け垣という目隠しもある。李太郎の目がよほど良かったとしても、ここに俺がいると気づけるはずが……。

ざ、ざ、ざ、という足音が聞こえてきた。ゆっくり歩いているような音だが、そのわりに近づいてくるのが早い。大柄な人間が大股で歩いている感じだ。もちろんそれは……。

「おい、小僧」

「うわぁ」

曲がり角に現れた杢太郎に声をかけられた新七は跳び上がった。白粉の匂いが咽かえるほどの強さになった。

「お前はこの間、釣り竿を持ち込んだ男と一緒に来た小僧だな。こんなところでいったい何をしているんだ」

「い、いや、俺は別に」

杢太郎は鬼のような形相でじっと新七へと目を向けている。逃げようと頭では考えているのだが、新七はまったく動けなかった。まるで蛇に睨まれた蛙だ。

「うちを覗いていたようだが」

「そんなことは、決して……」

「ふん、まあいい。それよりも……」

杢太郎の目が新七から逸れ、少し脇を向いた。

今だ、と無理やり足を動かして新七は逃げ出した。できる限りの力を振り絞って走り続け、曲がり角まで来たところで後ろを見る。

杢太郎は少し離れた所にいた。追いかけてきてはいるのだが、走ってはいなかった。相変わらずの大股で、おっかない目で新七を見据えながら歩いてくる。

――これなら振り切れそうだ。

だが念のためにと、新七は角を曲がって四、五軒先にあった建物の脇に入った。子供しか通れないような家と家との隙間だ。そこを抜けると、今度は猫しか通るまいと思えるほどの、さらに狭い隙間に体を潜り込ませる。

その先は、どこかの家の庭先だった。ごめんなさい通りますと小さく声をかけながら、そこも行きすぎる。

庭を出ると、少し大きな通りに出た。これで間違いなく杢太郎を振り切っただろう、と新七は天を見上げ、ほう、と息を吐き出した。

その時、逃げている時には薄れていた白粉の匂いが再び強くなった。まさか、と思いながら新七は左右を見回す。

こちらへと歩いてくる杢太郎の姿が見えた。

――おいおい、どういうことだよ。

杢太郎の体では、新七と同じ場所を通ってくるのは無理だ。この辺りに出てくるだろうと踏んで、まっすぐここへ向かってきたとしか思えない。

新七は再び駆け出した。途中、右手に裏長屋の木戸口があったので、そこへ飛び込む。そして脇目も振らずに裏長屋の路地を走り抜け、一本隣の通りに出た。そこから左右のどちらに行こうか迷ったが、右の方へ進むことにした。少し行ってからまた右に曲がる。

杢太郎がやってきた方へ回り込む形を選んだのだった。まさかそんな逃げ方をするなんて相手は考えまいと思ったのだった。

だが甘かった。先にある角を曲がってこちらへ向かってくる杢太郎の姿が見えたのだ。新七が裏長屋の木戸口に入るのは目に入ったはずだ。だが杢太郎は追いかけることをせず、そこでくるりと踵を返したとしか思えなかった。

——俺の動きが分かっているのか……。

不気味だった。変な小細工はせず秩父屋まで一気に逃げ帰るという手もあるが、そこまで追いかけてきそうで怖い。どこかでしっかりとまいた方がいい。

——こうなったら仕方がない。

新七は残していた最後の手を使うことにした。杢太郎に背を向け、広い通りに出るまで走り続ける。そこで左右をきょろきょろ見回すと、自身番屋があるのが目に入った。

振り返ると杢太郎が追いかけてきていた。それを確かめてから、新七は番屋へと飛び込んだ。

「おっかない人に追われているんです。助けてください」

中には町役人と思しき年寄りが二人いて、のんびり座って茶を啜っていたが、新七のその言葉に慌てて立ち上がった。

「あの人です。拐しかもしれない」

新七は番屋から体を半分出し、杢太郎の方を指差した。町役人たちも顔を出して、

「どいつだ」と言いながら通りを覗いた。

さすがにまずいと思ったのだろう。杢太郎はくるりと振り返り、向こうへと歩き出した。


その後は杢太郎も、新七を追いかけてくることはしなかった。新七は自身番屋の向かいにある木戸番小屋の親父に送られて、何事もなく帰ることができた。

秩父屋へと戻った新七は、ふう、と息を吐きながら今日の出来事を振り返った。

奇妙なことが二つあった。まずは杢太郎が、まるで新七のいる場所が分かっているかのように動いたことだ。最初に小竹屋を覗いていた新七を見つけた時からそうだっ

た。

もう一つは、杢太郎が近づくと白粉の匂いが強くなったことだ。あの男には女がらみの何かがあるのではないだろうか。

——ううむ。

杢太郎という男は得体が知れない。とにかく怪しい。

最初、新七はお紺の縁談について、相手の男が気の毒だから考えものだと思っていた。しかし杢太郎に関しては、むしろお紺のために縁談を阻んだ方がいいと思うようになった。

菊田屋に行って岩五郎に会い、今日あったことを洗いざらいぶちまけて、杢太郎との縁談だけはやめるように説得しよう、と新七は決意した。もしどうしても岩五郎がお紺の婿をここで決めておきたいと考えていたなら、その時は文次郎の方を勧めるのだ。文次郎には気の毒だが、こうなったら仕方がない。

——ああ、でもお紺ちゃんは今、菊田屋さんに籠もっているんだよな。

その話がお紺の耳に入ったらまずい。あのお紺のことだから、まともな文次郎より怪しい杢太郎の方に興味を持ってしまうかもしれない。

——そうなると、俺はどう動くべきなのかな。

これは難しいぞ、と新七は頭を悩ませた。

首吊り小屋の今

一

渋谷川のそばに、「首吊り小屋」と呼ばれている掘っ立て小屋があるという。

　これまで何人もの老若男女がその場所で死んでいる。理由は様々だ。重い借金を背負って困り果てた末に死を選んだ者もいれば、病の苦しみから逃れるために自らの命を終わらせてしまった人もいる。どこかで悪さをしでかして、そこへと追い詰められてしまったので首を吊った、なんて輩（やから）もいるらしい。

　だから、その小屋へ死にに来るのは必ずしも近在の者ばかりではない。むしろ遠くに住んでいた者がほとんどである。そんな場所にそんな小屋があると知っていたようには思えないのだが、なぜかみな吸い寄せられたように訪れてきては首を吊るのだ。

むろん、それらの人々は互いに面識はない。

　その小屋には、一年間に首を吊る人数が決まっているという噂もある。四人とも、七人とも言われているが、毎年必ずそれだけの人が死んでいく。そして決まった数に達すればその年はもう首吊りはやみ、翌年になるとまた始まるのだという。

「……もちろんそこには、お化けが出るという噂もあるわ。死ぬ人の数が決まっているという話については、その噂に尾ひれがついたものだと思うからあたしは信用しないけど、お化けくらいなら出ても不思議はないんじゃないかしら。そう呼ばれている小屋があるのは本当だし、そこでこれまで何人も首を吊って亡くなっているというのも確かみたいだから」

　満面に笑みを浮かべ、夢中になって喋っているのはお紺である。花も恥じらう十七の乙女が頬を上気させてまで話すような内容なのか、などと考えてはいけない。お紺とはそういう娘なのだ。

「きっと何かいるはずよ。この世ならざるもの、人々を死に誘い込むものがね。うまくすればそいつに出会えるかもしれない。そうじゃなくても、首吊り死体くらいはぶら下がっているかも。そう思って、覗きに行ってみたのよ」

「は、はあ……」

話を聞かされているのは新七である。世話になっている秩父屋に突然お紺がやってきて、表へと呼び出されたのだ。

「渋谷川のそばにある仙寿院(せんじゅいん)へお花見に行った帰りに、その小屋まで川沿いを歩いたんだけど、田畑や雑木林ばっかりで周りに何もないのよ」

桜を見に行ったついでらしい。花も呆れたことだろう。

「あ、あのさ、お紺ちゃん。俺は、ほら、ここへ厄介になっている身だろう。仕事の手伝いをしなくちゃならないんだよ。すごく忙しいんだ」

「嘘おっしゃい。新七ちゃんのところは暇そうだから羨ましいって、おととい様子を見にいった時に銀太ちゃんが言ってたわよ」

「お、お紺ちゃん。縁談がうまくいくようにと、家に籠もっていたはずじゃ……」

「飽きたのよ」

「ああ、やっぱり……」

いずれそうなることは分かっていた。しかし思っていたよりもはるかに早い。せめてひと月くらいは続いてほしかった。

「おとといは銀ちゃんの顔を見て、昨日は首吊り小屋、そして今日は俺の所か……」

「ここへ来る前に、浅草の留吉ちゃんの様子も探りに行ったわよ」

しばらく大人しくしていたせいか、前よりも激しく動き回っている気がする。

「留吉ちゃんはうまくやっている感じだったわ。お店の旦那さんに気に入られたみたい。だけど、銀太ちゃんの方は大変そうだったわよ。将棋盤作りの名人のお年寄りの元へ修業に行ったんだけど、実際にはその隣に住む娘さんに扱き使われてるらしいわね。名人の娘さんだから、もう四十くらいの人なんだけど、ちょっとうるさい感じの人だったわ。あたしが行った時にも、一両で買った観音像がなくなったとか言って大騒ぎしていたわね」

「そりゃ一両もしたのなら無理はないよ。どこへ行っちゃったんだろう」

「なんか、銀太ちゃんが焚き付けにして燃やしたらしいわ。まだばれてないそうだけど」

「銀ちゃん……」

いったい何をやっているんだ？

「まあ、今はとにかく首吊り小屋の話よ。あたしとお千加ちゃん、それとお千加ちゃんのところの女中の、およしさんの三人で向かったんだけど……」

「ちょ、ちょっと待ってよ。そんな場所にお千加さんを誘ったの？」

お千加とは溝猫長屋と同じ麻布の宮下町にある仏具屋、丸亀屋の一人娘である。とても控え目な、楚々とした美人だ。また、どこへ行くにも女中など店の者が一緒について歩くという「本物の」箱入り娘でもある。そして、なぜかお紺と仲が良い。きっと人柄が反対だから馬が合うのだろう。

　このお千加はお紺よりも三つ年上、つまり今年で二十歳になったのだが、まだ独り身で、許嫁のような相手もいなかった。実は丸亀屋で働いていた番頭と一緒になるという話があったのだが、その相手が行方知れずになり、後に死体で見つかるという出来事が起こったのだ。その後もお千加の相手にと目されていた人物が次々に死体になるという不幸が続いたため、今は縁談については棚上げになっているのである。

　そんな気の毒なお千加を、よりによって「首吊り小屋」などと呼ばれている所へ連れていこうとするなんて……。

「お紺ちゃん……あなた様は鬼でございますか」

「改まった口調でなんてこと言うのよ。いくらあたしでも、お千加ちゃんを首吊り小屋に入れようとは思わないわよ。ただ、お花見にはその三人で行ったから、ついでに誘っただけよ。風もなくて良い日和だったから、景色を眺めながら川沿いを歩いて帰ろうってね。首吊り小屋がどこにあるのか、あたしも詳しくは知らなかったけど、それらしき小屋が見えたらお千加ちゃんたちは先に行かせて、あたし一人で覗くつもりだったわ」

「ううむ」

これは本当だろう。新七など溝猫長屋の男の子たちに対しては鬼の所業というべき酷い仕打ちをしても平気なお紺だが、同じことをお千加にするとは思えない。

「だけど、やめておいた方が良かったわ。まさかあんな恐ろしい目に遭うなんて……」

「いや、まさか……」

これはちょっと信じがたい。一緒にいる男の子たちがどんな目に遭っても、お紺だけは何事も起こらずに過ごしてきたのである。

「お千加ちゃんや、およしさんには悪いことをしたわ。あたしが誘わなければ、あんなことにならずに済んだのに……」

お紺は嘆くような口調で言うと、首を左右に振った。

「ちょっとお紺ちゃん、勿体(もったい)ぶってないで早く話してよ。何があったの？」

「もちろん喋るわよ。そのために来たんだから。だけど、何事にも順番ってものがあるの。まずは首吊り小屋がどんな様子かという点から話さないとね。掘っ立て小屋と言われているけど、実はそうではなくて……」

「案外としっかりした造りの、小さめの家という感じなんでしょう」

「あら、どうして知ってるのよ」

「それくらい少し考えれば分かるから」

これまでにそこで何人も首を吊っているのは本当という話だ。もしそこがただの掘っ立て小屋なら、二、三人が死んだ辺りでさすがに取り壊してしまうだろう。

「小屋についてはその通り。元々は人が住んでいたらしいけど、いつしか無人になって、その後は土地を持っているお百姓さんが道具小屋として使っていたみたいね」

「ふむ。それで、何が起こったのかさっさと話してよ」

「まだその前に教えておくことがあるわ。一緒に行った丸亀屋の女中の、およしさんのことを新七ちゃんは知らないでしょう。この人はね、十四、五歳くらいから丸亀屋で奉公を始めたんだけど、二十歳の時にいったんお嫁に行ったのよ。だけど可哀想なことに、子供ができないからってことで離縁されたのね。亭主が他所の女との間に子供を作ったので、それで追い出されたらしいわ。この亭主については糞野郎だから小屋で首を吊ればいいのにって思うけど、それはまた別の話ね。とにかく、およしさんはそんなわけで再び丸亀屋さんに戻ってきた人なの。今の年は二十七、八くらい。でも見た目は若くて、多分まだ二十三、四って言っても通じるんじゃないかしら」

「ふうん」

「つまり、十七と二十、そして二十三、四に見える三人の綺麗どころがお花見に行ったってわけよ」

「……は、はあ」

図々しく自分も数に入れていることについてお紺に文句を言いたかったが、そうすると余計な話がさらに長くなりそうなので、新七は不満げな顔で頷くだけに留めた。

「仙寿院は桜の名所として知られている場所だから、人出が結構あったのね。何の仕事をしている人か分からないけど、七人ほどの男の人たちが筵を敷いてお酒を飲んでいる姿もあったわ。そんな所へあたしたちが行ったものだから、声をかけられたりするわけよ。お姉さんたちもこっちへ来て一緒に飲まないか、みたいな風に。もちろん冷たくあしらったけどね。それと、おっかない顔をした男が一人でぶらぶらしているのも見たわ。まだ年は若そうなんだけど、顔が鬼瓦みたいなのよ。やたらと背も高くてね。こっちをじろじろと見ていたから、睨みつけてやったわ」

「へえ。怖いなぁ。その人も、お紺ちゃんも」

ついこの間、俺もそんな人物に追いかけられたぞ、と新七は小竹屋の杢太郎のことを頭に浮かべた。お紺が縁談相手の一人と鉢合わせてしまったのかと少し心配になったが、あの男に桜を愛でるような心があるとは思えないのできっと別人であろう。

「お紺ちゃん、花見で見た人たちの話はどうでもいいからさ、早く首吊り小屋の話をしてよ」

「ふん、甘いわね。実は今の話が後々かかわってくるのよ。でも、まあいいでしょう。話を進めるとするわ。ええと、とにかくあたしとお千加ちゃん、およしさんの三人が川沿いを歩いていたんだけど……」

二

仙寿院を離れ、渋谷川に沿って進んでいくにつれて、次第に辺りから人の姿が見えなくなっていった。

川の両側は田畑や雑木林があるだけの土地だった。それを挟むように大名の下屋敷が幾つかある。そもそも下屋敷というのは大名の別邸であり、辺鄙だが景色の良い場所に多く建てられるものだ。だから、それがあるというだけでもここが寂しい土地だと分かる。

「まあ、確かに眺めは良いのよ。でも若い女だけで歩くような場所じゃないわね。真っ昼間だから平気だろうと油断していたのも悪かったわ」

ふと気づくと、お紺たちの後ろから二人の男がついてきていた。

さっき見た、筵を敷いて酒を飲んでいた男たちのうちの二人だった。赤くなった顔にいやらしい笑みを浮かべているのが遠目にも分かった。

良からぬことを企んでいるらしい、とすぐにお紺は気づいた。しかし何とかなりそうだ。もしあの場にいた七人全員が来ていたら危なかったが、幸い相手は二人だけである。こちらは三人いるのだから、いざとなれば一人が走って助けを呼びに行くことができるだろう。

お紺はそう考え、足を止めて後ろにいる男たちを睨みつけてやった。それから、お千加とおよしに足を速めるように言おうと思って二人を振り返った。すると二人は立ち止まっており、体を寄せ合ってじっと前の方に目を向けていた。

「男たちの仲間のうちの別の二人が先回りしていたのよ。道の向こうに、あたしたちを通せんぼするように立っているの。さすがにこれはまずいと思って、慌てて辺りを見回したわ」

残念ながら他の人の姿はなかった。目に入るのは怯えているお千加と、それに寄り添うおよし、そして女たちを襲おうとしている四人の男たちだけだ。

「だけど、道を外れた先に雑木林があって、その奥の方に建物があるのが木々の間から見えたのよ。もしかしたら誰かいるかもしれないと思って、あたしたちはそちらへと向かったのね」

だが、その判断は誤りだった。雑木林に入った途端、木の陰から残り三人の仲間が現れたのである。お紺たちはそこへと誘い込まれたのだった。

いよいよ危ないと感じたお紺は、落ちていた木の棒を拾うと背後を振り返った。お紺たちをつけていた二人と先回りしていた二人、計四人の男たちが合流して、こちらへと歩いてくるところだった。四人ともにやにやと下卑た笑みを浮かべていた。

お紺はその男たちを睨みつけ、棒を剣のように構えた。だがそれを振るう前に、女たちの悲鳴が聞こえてきた。

慌てて声がした方を見ると、およしが男の一人に後ろから羽交い絞めにされていた。二人の男に挟まれるようにして、お千加が雑木林の奥へと引きずられていく姿も目に入った。

お紺はまず近くにいるおよしから助けようと、棒を振り上げてそちらへ向かおうとした。だが、その棒が何者かにつかまれた。いつの間にか、後から来た男たちがすぐそこまで迫っていたのだ。

棒を取り上げられたお紺は、そのまま四人の男に囲まれてしまった。

「……ちょちょちょちょちょ、ちょっと待ってよ、お紺ちゃん。ま、まさかと思うけど、まだ子供の俺が聞いちゃいけないような話に向かっている気がするんだけど」

「あら、新七ちゃんはこうしてもう家を離れて働いているわけだから、大人の仲間入りをする一歩を踏み出したと言っていいんじゃないかしらね。それなら、世の中にはこういう酷い話もあるのだということを知っておくのも……」

ぶるぶるぶる、と新七は大きくかぶりを振った。

「い、いや、ほら、ここは叔父さんの家で、俺はちょっと手伝いに来ているだけで、実はそろそろ麻布に帰ろうかなって思っているところで、それなら俺はまだ子供なわけで、だ、だから、そういう話は、まだちょっと……」

「ふっ、見事な狼狽え振りね。だけど安心していいわよ。新七ちゃんが心配しているような結末にはならなかったから。いくらあたしでも、もしそうなっていたら喋らないわよ。お千加ちゃんたちだっていることだしね。まあ、確かに危なかったわ。あたしも半分諦めたくらいだから。でも、そこへ助けが現れたのよ。なんとあの……」

花見の最中に見かけた、おっかない顔つきをした背の高い男が、「なにやってんだ、こらぁ」と叫びながら走ってきた。

「後から聞いた話だけど、あたしたちがいなくなったすぐ後に連中も消えたから、怪しいと思ったらしいのよ。それで辺りを探してみたら、あたしたちの後を二人の男がつけていたのが見えたらしいわ。それで、さらにその後ろをつけて様子を窺っていたそうよ。顔は鬼瓦なのに、なかなかやるわね」

その鬼瓦はまず、お紺を取り囲んでいた男のうちの一人を蹴りつけた。勢いがあったので蹴られた男は吹っ飛ばされ、後ろに立っていた木に頭をぶつけた。

虚を突かれたのか、残り三人の男は立ち竦んだ。その隙に、鬼瓦はおよしを羽交い絞めにしていた男へと向かっていった。

男の方はおよしを放して身構えたが、猪のように突進してきた鬼瓦を止めきれず、やはり後ろに立っていた木に背中を強かにぶつけてしまった。

続けて鬼瓦は、二人の男に引きずられていったお千加を助けるべく、林の奥へと走っていった。お紺は地面に放り出されて座り込んでいたおよしを助け起こし、その手を引いて鬼瓦の後を追いかけた。

「残念ながら、鬼瓦さんの勢いはそこまでだったわ。お千加ちゃんを男たちから引き離すことはできたんだけど、相手は二人でしょう。さすがにこれまでのようにはいかず、苦戦しているうちに……」

立ち竦んでいた三人や、木に頭や背中を打った二人が体勢を立て直して再び追いかけてきた。こうなると相手は七人になるので分が悪い。ましてや鬼瓦は、三人の女を庇いながらの動きになる。奮闘虚しく、あっという間にお紺たち四人は、木の密集している場所へと追い詰められてしまった。

「後ろは木が重なるように立っていて進めない。前には七人の男たち。しかもそのうちの二人は懐に匕首を呑んでいたようで、いつの間にか刃物を構えているのよ。鬼瓦さんは勇ましくあたしたちの前に立ちはだかってくれていたけど、さすがにこのままでは駄目だわ、とあたしは思ったのね」

お紺は一人だけそこを抜け出し、横へと走った。雑木林の奥の方に見えた建物に、この窮地を救ってくれる誰かがいるかもしれないと、一縷の望みをかけて飛び出したのである。男の一人が手を伸ばして捕まえようとしたが、うまくすり抜けることができた。そのまま建物を目指して走る。

後ろからお紺を追ってくる者の足音が聞こえた。二人いるようだった。追いつかれないように必死でお紺は逃げたが、ようやく建物がすぐ目の前まで迫ったところで、木の根に足を取られ転んでしまった。

「……ふふ、お姉ちゃんもよく頑張ったな」

横座りになって手を突き、肩で息をしているお紺の前に、男の一人が立ちはだかった。馬鹿にしたような目でお紺を見下ろしていた。

「しかしそれもこれまでだ。この小屋には誰もいないよ。何しろここは、首吊り小屋と呼ばれている所だからな。人があまり寄り付かないんだ。実は俺たちは、初めからお前たちをここへと連れ込もうとしていたんだよ。わざわざ自分から来てくれてありがとうな」

男はそれから、お紺の背後へ目を向けた。そちらを見ながら、一緒に来た仲間の男に声をかける。

「助けに入ったあの馬鹿野郎も気の毒だな。さすがに五人も一度に相手にするのは無理だろう。刺されて終わりだ。もし死んだら、後でこの小屋の中にぶら下げておこう。刃物で自害しようとしたが死に切れず、結局首を括(くく)って死んだってことになるかもしれん」

そこまで言うと、男はお紺へと目を戻した。腰を落とし、顔を近づけて静かに告げる。

「もしそうなったら、お姉ちゃんたちも一緒に死ぬことになる。俺たちの顔を見たんだから当然だ。もちろんその前に、存分に楽しませてもらうけどな」

　お紺は男から顔を背けた。首吊り小屋が目に入る。思っていたよりは大きくてしっかりした造りだが、所詮は道具小屋として使われている建物だ。薄汚れた木の壁に、立て付けの悪そうな戸板が申し訳なさそうに付いていた。それだけの、こんなみすぼらしい小屋を見たいと自分が思ったために、お千加やおよし、そして鬼瓦のような顔をした男に、取り返しがつかないほどの迷惑をかけてしまった。

　絶望の淵に叩き落とされたお紺の目に涙があふれた。それがこぼれようとする寸前、お紺の目は小屋の戸板の脇に立てかけられた、一枚の板を捉えた。

　壁や戸板と違い、その板だけは妙に真新しかった。看板のように見える。そこには墨痕鮮やかに、「剣術指南　耕剣堂」という文字が書かれていた。

「ちょちょちょちょちょ、ちょっと待ってよ、お紺ちゃん。それって……」

　新七や忠次、銀太、留吉がついこの前まで通っていた手習所には、「筆道指南　耕研堂」という看板がある。ほとんど同じだ。

「まあ、『けん』の字が違うし、剣術指南と筆道指南というのも、まったく別物よね。でも、そんな文字がいきなり飛び込んでくるんだもの、出かかっていたあたしの涙も、あっという間に引っ込んだわよ」

「そうだよね。そんな場所に、そんな似たような看板があるんだもの。びっくりするよね。たまたまだとは思うけど」

「そんなわけないでしょう。あたしはすぐに気が付いて、急いで立ち上がって小屋の中へ飛び込んだわ。そうしたら案の定いたわよ。新七ちゃんもよく知っている、あの人が」


戸を開けると、小屋の床には真新しい板が敷かれていた。元々は土のままだったのだろうが、最近になって張られたもののように見えた。

そして、その板敷きの上に、暇そうな顔をした古宮蓮十郎が、手にした木刀を弄びながら所在無げに座っていた。

「どうも表で人の声がすると思ったらお紺じゃないか。驚いたな。こんな所でいったい何をやっているんだ」

蓮十郎は元から尾羽打ち枯らしたような、浪人然とした貧相な男だったが、今はさらに痩せたように見えた。

「古宮先生こそ、首吊り小屋でいったい……」

中に足を踏み入れながらお紺は訊ねた。追いかけてきた二人の男も続けて小屋に入ってきたが、蓮十郎の姿を見て唖然とした顔で立ち止まった。まさかそこに侍がいるとは思わなかったのだろう。

「うん、俺か。実はしばらく前から剣術の道場を開こうという心積もりを持っていてな。手頃な場所をずっと探していたんだ。ただ、銭はないから困っていたんだよ。そうしたら、ここを持っていた百姓が、ただでいいし、板も張って綺麗にするからと言うから、大喜びで借りたんだ。そしたらどうだ、ここは首吊り小屋と呼ばれていて、遠くからわざわざ人が死にに来るような場所だというじゃないか。道理で門人が集まらないわけだ」

いいえ、門人が来ないのはそのせいだけではないでしょう、とお紺は思った。実は蓮十郎は、手習所の雇われ師範をする前にも自分の剣術道場を持っていたことがあるのだ。その辺りのことは、そこへ通ったことのある弥之助親分から聞いている。蓮十郎があまりにも門人に厳しすぎたために潰れたという話だった。

手習所にいた時の蓮十郎は、教え方も丁寧な子供たちに優しい師匠だった。だが、いったん剣を持ってしまうと、相手をとことんまで痛めつけるのが好きという、まったくの別人に変わってしまうのである。

「それはそうと……」

蓮十郎はお紺の後ろで立ち尽くしている二人の男たちへ目を向けた。

「もしかして俺のために門人を連れてきてくれたのか」

「違うわよ。あたしはこの二人に、手籠めにされそうになっているところなのよ」

「なんだと？」

蓮十郎は大きな声を上げた。それは驚いたり、咎めたりといった調子ではなく、感心したという風な声だった。

「このお紺を手籠めだと。お前たち、凄いな。たいしたものだ」

にこにこしながら蓮十郎は立ち上がった。木刀を担ぐようにして持ち、己の肩をとんとんと叩きながらお紺の前を通り過ぎた。そのまま、のんびりとした足取りで男たちに近づいていく。

「うん、なかなか悪そうな面構えをしている。体も頑丈そうだ。お前たち、見込みがあるぞ。どうだ、本気でうちの道場の門人になる気はないか」

男たちは顔に戸惑いの表情を浮かべていた。蓮十郎がどういう人間か分からないので、襲いかかるか逃げるか決めかねているようだった。そうこうするうちに、蓮十郎は男たちのすぐ目の前に立った。

「ちょっと古宮先生。そんな呑気なことを言っている場合じゃないのよ。表にあたしの友達がいるの。そいつらの仲間がまだ五人もいて、囲まれているのよ」

「なんだ、それを早く言わんか」

蓮十郎は木刀をくるりと回して逆手に持つと、力強く下へと突き落とした。物凄い悲鳴が狭い道場の中に響き渡る。右側にいた男の足の甲がそこにあったからだった。

続けて蓮十郎は木刀の真ん中辺りに左手を添え、そこを支点にして、素早く木刀を横へ持ち上げた。そこには、左側に立っていたもう一人の男の顎があった。

下から顎を突き上げられた男の首が、かくんと後ろへ折れた。男はそのまま仰向けに倒れ、床に頭を打って動かなくなった。

「ゆっくりじわじわと痛めつけるつもりだったが、この二人は後回しだな。まずは表にいる連中で楽しませてもらうとするか」

多分、叩きのめせる相手が五人もいることを喜んでいるのだろう。蓮十郎はやけに軽い足取りで戸口をくぐっていった。

「あっ、鬼瓦みたいな顔をした人は、あたしたちを助けようとしているので……」

お紺が慌てて声をかける。蓮十郎は、分かったというように手をひらひらと振って、向こうへと走っていった。

——ふう、これでもう安心ね。

お紺は一度大きく息を吐き出し、それから道場の中を見回した。頭を打って伸びている男と、足の甲を押さえてのたうち回っている男がいる。

まずは伸びている方に近づき、まだ息があることを確かめた。気を失っているだけのようだ。一撃でやられちゃうなんて情けない男だわ、と悪態を吐きながらお紺は男の頭を蹴飛ばしてやった。

次に、あまりの足の痛みにまともな声が出せず、唸っているだけの男へと目をやった。血の気を失った顔に脂汗が浮いている。もしかしたら足の甲の骨が砕けたのかもしれない。

——かなり痛いんでしょうねぇ。

でも、あたしの足じゃないんだからどうでもいいわ。

お紺は男に近づくと、狙いを定めてその足を思い切り踏んづけた。うぎゃあ、と大きな悲鳴を上げて男は仰け反り、そのまま動かなくなった。痛みに耐えかねて、こちらも気を失ってしまったようだ。

——ふん、ちょっと面白いわね。

古宮先生は後でこいつらをもう一度痛めつけるつもりらしいけど、あたしも何かお手伝いしようかしら。

床に転がる男たちを冷たい目で見下ろしながら、お紺はそう思った。

だが、その前に残りの五人が叩きのめされているところをじっくりと眺めなければ。あいつらがどんな風に古宮先生にやられているか、それを見るのが本当に楽しみだわとお紺はにんまりし、悠々とした足取りで表へと出た。

三

「……そうしたらびっくりよ。あたしが行った時にはもう終わってたの。久しぶりに容赦なく戦える相手がたくさん現れたものだから、古宮先生ったら喜びすぎて力加減を間違えちゃったみたいなのよ。あたしは何も見られなかったわ」

お紺が見たのは、大の字になって地面に伸びている五人の男と、あまりにもあっさりと相手が倒れてしまったので、その周りで困ったようにうろうろしている蓮十郎の姿だった。

お千加とおよしは、座り込んでいる鬼瓦の顔を心配げに覗き込んでいた。どうやらあの後も、鬼瓦は盾となって女たちを守り続けたらしい。顔が腫れているので散々殴られたようだ。ただ、斬られたり刺されたりした様子はないので、お紺はほっとした。

「古宮先生。ちょっと訊くけど、あそこが首吊り小屋だって分かった時に、他の場所を探そうとは思わなかったのかしら。そのお蔭であたしたちは助かったわけだけど、少し不思議だわ。そんな所に住み続けるなんて」

気を失っている男たちを起こそうとして揺すり始めている蓮十郎に、お紺は訊ねてみた。

「さすがに小屋の噂は嘘だろうと高を括っていたんだよ。ところがついこの前、本当に首を吊りに男がやってきたから本当だと分かった。驚いたよ。そいつは甚平とかいう小料理屋の亭主だった。女房が知らぬ間に借金を作って、どこかへ逃げたとか言っていたな。それで死にに来たらしいんだが、道場の真ん中で人がぶらぶらしていたら邪魔だから仕方なく引き留めたよ。しかし面倒だから、後のことは弥之助にすべて任せてしまった。そう言えば、あれからどうなったのかな」

「呑気なものね。門人がいないなら、いくらただでここを借りていると言っても食べてはいけないでしょう」

「いや、実は一人だけ、坂井市之丞という旗本が一応は門人ということになっているんだ。だが最近、病弱な兄に代わって家督を継いだらしくてな。忙しくて顔も見せない。ただ、たまに老僕の余吾平に金を持ってこさせるから助かっている。もっとも貧乏旗本だから微々たるものだけどな。それでも俺一人が食うには十分だ。首吊り小屋の噂など、いずれは消えてなくなるだろう。そうしたら門人も集まるようになるはずだから、しばらくはここにいようと思う」

たとえ噂が消えたとしても門人は来ないだろう。たまに間違って迷い込む者がいたとしても、三日と経たずに逃げ出すに決まっている。

「……まあ、古宮先生がそう決めたのだから構わないけれど。それより、平気で住んでいるってことは、首吊り小屋に幽霊は出ないってことなのね」

「どうかな。もしかしたら夜中に『うらめしや』って出ているのかもしれないが、寝ているから分からん。相手に殺気がないと俺は起きないからな。そして、同じようにこいつらも起きない。こっちに殺気がないと分かっているのか。それならいっそのこと、殺すつもりでかかってみるか」

蓮十郎は男たちを揺り起こすのはやめ、地面に落ちていた匕首を拾い上げた。痛みで無理やり目覚めさせようという魂胆らしい。お紺はその様子を見てみたいと思ったが、さすがにお千加やおよしがそばにいるので止めておいた。

「古宮先生、そいつらのことは後にして、今は助けてくれたこちらの……」

鬼瓦、と危うく口を衝いて出そうになったが、すんでのところで踏みとどまった。

「……男の方の手当てをするのが先だわ。顔が腫れているようだから冷やさないと」

「そうか。仕方ないな」

蓮十郎は残念そうな表情で匕首を放り投げた。


「……道場に井戸はないけど、水瓶に溜めた分があったから、それで鬼瓦さんの顔を冷やしたのよ。でも気を失った連中にぶっかける水も欲しかったから、あたしたちは近くのお百姓さんの家へ向かったの。ということで、これであたしの話はお終いよ。どう、なかなか面白かったでしょう」

新七は頷いた。はらはらする部分はあったが、結局お紺たちは無事だったのだと途中で知ってからは存分に楽しめた。それと同時に、まだ気になる点が幾つもある話でもあった。これで終わりにされては堪らない。

「あのさ、お紺ちゃん。七人の男たちはそのままにしたの?」

「念のために縛っておいたわ。そこは首吊り小屋だから縄はたくさんあるのよ。死にに来た人が困らないように」

「ああ、なるほど」

「なに信じてんのよ。冗談に決まってるじゃない。お百姓さんの道具小屋だったから縄があっただけよ。それで連中を縛ってから、あたしたちは水を貰いに行ったの」

「あ、そう」

　真面目な話の中に分かりにくい冗談を織り込むのはやめてほしいんだけどな、と思いながら新七はお紺に向かって不満げな顔を向け、口を尖らせた。もちろんお紺はそんな新七の様子など気にする素振りも見せず、何食わぬ顔で話を続ける。

「お百姓さんの家の人に頼んで、弥之助親分を呼びに行ってもらったわ。親分さんは手下の仁さんと竜さんを連れてやってきたから、二人にはお千加ちゃんとおよしさんを丸亀屋まで送ってもらって、あたしと古宮先生、親分さんで道場に戻ったの。そうしたらまたびっくりよ。縛っておいた連中がいなくなっていたの。きっと気を失った振りをしていた男が混じっていたんでしょうね。どうせ動けないだろうからって、縛り方が甘かったのが間違いだったわ」

「そいつらのことは放っておくの？」

「連中なら親分さんが捜すことに決まったわ。縄張りにしている麻布で起きたことではないけど、古宮先生に無理やり押し付けられたのよ。その後あたしは親分さんに送られて家まで帰ったんだけど、道場で首を吊ろうとした甚平という男の件も頼まれているし……とか何とかずっとぐちぐち言っていたわね、親分さん」

「ふうん」

「他に訊いておきたいことはあるかしら」

「古宮先生が強いなんて、初めて知ったんだけど」

蓮十郎は教え方こそ丁寧だが子供に説教をするのは苦手な手習師匠、としか新七は思っていなかった。剣を振るっている姿など頭に思い描いたこともない。ましてや人を痛めつけるのが好きな人物だなんて言われても、にわかには信じられなかった。

「良い手習師匠なのは間違いないわ。別に本性を隠しているわけじゃないみたい。子供たちには優しいのよ。ただ、剣を持って悪人と対峙(たいじ)すると人が変わるの。もう、そういう人だとしか言いようがないわね」

「本当かなぁ」

「別に信じなくてもいいわよ。古宮先生も、手習子には知られたくなかったみたいだし」

「それなら、お紺ちゃんも黙っていた方が良かったんじゃないの」

「強く口止めされていたわけじゃないから」

「ううん」

酷いなぁ、と新七は顔をしかめたが、きっと蓮十郎もいつかは秘密もばれると覚悟していたに違いない、とも思った。人の口に戸は立てられぬ、という言葉はあるが、ましてや相手はお紺だ。誰かに漏らさぬはずはない。

「ああ、言っておくけど、あたしは新七ちゃんだけに教えたんだからね。あんたは黙っているように」

「ふうん」

新七は、秘密というものがどのように人に漏れ伝わっていくのか、学んだような気がした。

「……それと、もう一つ訊いておきたいことがあるんだけどさ。鬼瓦さんのことなんだけど」

風貌を思い描こうとすると、どうしてもお紺の縁談相手である小竹屋の杢太郎が浮かんでくる。しかし新七が知っている杢太郎とは印象が違う。果たしてお紺が鬼瓦と呼んでいた男は何者なのか。

「話の途中で鬼瓦さんのことが消えたんだけど。確か、お百姓さんの家に行った辺りから」

「そうなのよ。親分さんが来るのを待つ間、鬼瓦さんの話を聞こうと思ったんだけどね。名前とか住まいとか。でも、『俺は何の役にも立てなかったから、名乗るわけには参りません』とか言ってね。結局、何も教えてくれずに一人で帰っていったのよ」

「それは格好いいなぁ」

お紺たちを襲った連中は、女たちを首吊り小屋に引きずり込もうと企んでいた。だから鬼瓦が現れなくても、結局は蓮十郎によって連中は倒されたかもしれない。そう考えると、鬼瓦がしたのは意味のない、無駄なことだったと言えなくもない。

しかし、だからと言って鬼瓦の行いが卑下されることは決してない。女たちを助けようとして、たった一人で七人もの男に立ち向かったのだ。中には刃物を持った相手もいた。しかし逃げることなく女たちを庇い続けた。男として立派だと思う。

「でも、やっぱりそのまま帰しちゃうのはどうなのかなぁ。ちゃんとお礼をするべきなんだから、追いかけていって無理やりにでも聞けば良かったのに」

「あたしもそう思ったんだけど、古宮先生や弥之助親分に止められたのよ。男が見栄(みえ)を張っているのだから、そのまま行かせるのが人情だろうと。女のあたしから見ると馬鹿なんじゃないのと感じるけど、そういうものらしいわ」

「ううむ」

　分かるような気がする。顔が腫れるくらいだから、鬼瓦には殴られた痛みが相当あったと思われる。そういうものを押し隠し、格好をつけて何も告げずに去ろうとしたのだ。それを追いかけていって根掘り葉掘り素性を訊き出すのは確かにしてはいけないことだと、一応は男である新七は思った。

　——でもなぁ……。

　男の正体が杢太郎なのか違うのか。それだけでも知りたかった。

「……お紺ちゃん、話は変わるけど、縁談の方はどうなっているの？」

　新七は恐る恐る訊ねた。風向きによっては今後お紺と杢太郎が顔を合わせることがあるかもしれない。

「親同士が決めることだからね。あたしにはよく分からないわ。ああ、でも、今度神田の何とかっていう料亭に連れていってやるってお父つぁんが急に言い出したのよ。それ、ちょっと怪しいと思っているのよね。よく聞くのよ、離れた場所から縁談相手の顔をお互いに見ることがあるっていう話を。道を挟んだ両脇にある二軒の料亭にそれぞれ部屋を取って、窓から眺めたりするらしいわ。それじゃないかと思っているんだけど」

「へえ。相手はどんな顔だろうね。ああ、もちろん男にとって大事なのは顔じゃなく、中身だってことは分かっているけど……」

「なに言ってるのよ。顔は大事よ。ずっと眺めて暮らしていく相手なんだから。役者とまでは言わないけど、それなりの男前じゃないと許せないわ。もしお父つぁんが勝手に変な顔の相手に決めたら、あたしは家出するからね」

新七の言葉を遮るようにして、お紺はきっぱりと言い放った。

「そ、そうなんだ」

「ふっ、本当に楽しみだわ。いったいどんな顔をした人なのかしら」

お紺は口元に不敵な笑みを浮かべたが、目は笑っていなかった。

「さて、あたしはそろそろ帰るわね。昨日あんなことがあったから、さすがに暗くなる前に家に戻らなくちゃ」

「うん、そうした方がいいよ。そもそも、今日だってここへ一人でやってきたことが驚きなんだけど。よく平気な顔で出歩けるね」

「その辺りは安心していいわ。ほら、あれを見て」

お紺は素早く振り返った。何のことだろうと思って新七がそちらへ目を向けると、遠くの方にある建物の陰に男がすっと身を隠すのが見えた。

「あれは弥之助親分の子分の、煙草売りの仁さんよ。どうやら念のためにと、親分さんがあたしに見張りをつけたらしいわ」

「ふうん」

「でも、もう一人の子分の竜さんと違って、仁さんはこっそりと人の後をつけるのが下手なのよね。いないよりはましだと思うけど、目障りなのよ。明日は駒込にいる忠次ちゃんの様子を覗きに行こうかと思っていたんだけど、あんなのがくっついてくるなら、みっともないからやめた方がいいわね。しばらくは遠出するのは諦めるわ」

お紺を守るためにいてくれるのに、まったく酷い言い草である。

「それじゃあ、あたしは帰るわ」

お紺は新七に向かってにっこりと笑い、それから歩き出した。しばらく眺めていると、建物の陰から煙草売りの仁が出てきて、堂々とお紺の後ろをついていくのが見えた。

――ううむ。

去っていく二人を眺めながら、さて俺はこれからどうするべきだろうかと新七は首を捻った。自分はお紺の縁談相手には、杢太郎よりも文次郎の方がいいと考えてきた。そのことでお紺の父親の岩五郎に、子供ながらに意見しようとまで思っていた。

だが、その必要はなさそうだ。もしお紺の言う通りならば、鬼のような怖い顔つきの杢太郎との縁談は放っておいても壊れるはずだからだ。

結局、周りがどう動こうとお紺は自分の好きなように事を進めていくような気がする。これまで自分はお紺の縁談のことで散々気を揉んできたが、馬鹿らしくなってきた。

——もう俺は何もせずに、成り行きを見守るだけにしよう。

そう思うと気分がすっきりした。新七は大きく息を吸いこんだ。

いつの間にか、ずっと体にまとわりついていた白粉の匂いがしなくなっていた。自分に憑いていたらしき何者かが離れたようだ。

ますます気分が良くなる。新七は、満面に笑みを浮かべながら、世話になっている秩父屋へと戻っていった。

四

真っ暗な部屋の中で忠次は目覚めた。

修業先の桶屋の二階だ。今夜は隣で寝ている兄弟子はいびきをかいておらず、静かだった。

——ああ、また嫌な夢を見た。

これで三度目だ。一度目は秩父屋とかいう店の屋根の上に、幽霊と思われる女が立っている夢だった。そして二度目は別の女の幽霊が、伊豆屋という店の屋根の上にいた。

さっきまで見ていたのも似たような夢だった。違うのは、同じ屋根の上に女が二人立っていたことだ。

一度目と二度目で見た女だった。それがさっきの夢では二人並んで立っており、気味の悪い笑みを浮かべながら下を見つめていた。つまり、自分が立っている店を眺めているのだ。

秩父屋と伊豆屋は忠次が知らない店だったが、三度目の今の店は見たことがあった。溝猫長屋の隣町にある質屋だ。忠次は足を運んだことがあった。隣に建っている空き家に忍び込んだこともある。

——間違いなく、菊田屋さんだったよな。

お紺の家である。その屋根の上に女の幽霊が二人いたのだ。

幽霊たちが下を向いていたというのが不気味だった。家の中にいる誰かを狙っているような気がする。

——だけど、おいらは修業中でここから動けないし……。

気を付けるようにお紺か岩五郎に言いに行った方がいいと思うのだが、それはできない。

とにかく、おいらはここでしっかり修業を積まなければならないんだ。そのことだけを考えて、他のことは忘れてしまおう。忠次はそう考えながら目をつぶった。

しかし、やはりお紺のことが気にかかり、なかなか寝付けなかった。途中で兄弟子のいびきが始まったのでなおさら眠れなくなった。

お多恵ちゃんの祠の今

一

「……さすがに十四まで減ってしまうと、かなり寂しくなったという感じがしますねえ」

弥之助がしみじみとした口調で言った。

早朝の、溝猫長屋のお多恵ちゃんの祠の前である。お参りを終えた寅三郎を見送った後のことだ。ついひと月ほど前まではこの長屋に十六匹もの猫がいて、我が物顔でうろついていたというのに、今はそのうちの六匹がいなくなっていた。

「猫たちも落ち着きがないように見えます。さすがにこれは、一気に少なくしすぎなのではありませんか」

隣にいる吉兵衛は、弥之助の言葉にいったん頷きかけたが、すぐに慌てたように首を大きく振った。

「いやいや、一度こうすると決めたからには、きちんとやりきらなければな。猫たちもいずれは慣れるだろう」

「どうですかねぇ」

首を傾げながら弥之助は、いなくなったのはどの猫なのか確かめた。笹竹と柿、石見の三匹は少し前に貰われていったのが分かっている。それから、前に来た時に吉兵衛が、手斧を名付け親の大工に引き取ってもらうつもりだと言っていたが、今朝ここへ来た時にいなくなっていることにすぐに気づいた。黒茶の斑で見てくれこそ良くなかったが、それでも長屋で一番人懐っこい猫で、人がいる所へ寄ってくる猫だったからだ。そいつが貰われていったのは少し残念だった。

長屋を見渡すと、親分猫の四方柾が屋根の上にいるのが目に入った。釣瓶と弓張の姿もある。菜種もいるようだ。これらは銀太、忠次、新七、留吉の父親が名付けた猫たちだ。そうなるとまだ長屋に住んでいる者が名付け親になった猫は残っているのかな、と思ったが、同じく銀太の父親が名付けた玉が見当たらなかった。特に関わりがあるわけではないらしい。

名付け親になった者たちに引き取ってもらうばかりでなく、貰い手があった猫はすべて手放しているようだ。蕎麦打ち名人の鉄さんはお伊勢参りに行っている最中で、戻ったらすぐに新たに出す自分の店に引っ越すようだが、今はまだ長屋に部屋は借りているままだ。しかし、しっぽく、花巻、あられの、鉄さんが名付けた蕎麦屋のお品書き猫の三匹のうち、花巻はどこかへ貰われていってしまったらしく、幾ら探しても見つけられなかった。

――ふむ、いなくなったのは笊竹、柿、石見、手斧、玉、そして花巻か。

残っているのは四方柾と釣瓶、弓張、菜種、しっぽく、あられ、それに羊羹と金鍔、蛇の目に柄杓だ。

「実際に数えてみると、まだ結構いますね。それなのに長屋が前よりもかなり寂しく感じる」

「それはやはり、あの子たちがいなくなったのが大きいと思うよ。今、長屋にいる男の子たちだって十分に腕白だが、銀太や忠次、新七、留吉のように、叱られるような悪戯をするようなことまではは滅多にないからね」

「それでは大家さんも物足りないでしょう」

「いいことなんだろうけどね……ああ、それと、野良太郎のやつがいないのも原因になっているんじゃないかな」

「あいつ、どこ行っちゃったんでしょうねぇ」

弥之助は長屋の建物の床下を見た。野良太郎はそこへよく寝そべっていたものだったが、ここ最近は、そこはずっと空っぽだ。

首を吊りかけた小料理屋の亭主の甚平の件や、お紺たちを襲おうとした七人の男たちの行方など、蓮十郎に頼まれたことを調べるために弥之助は江戸のあちこちを歩き回っているが、その際、ついでに野良太郎も捜していた。しかしまったく見当たらなかったし、そのような風貌の犬をどこかで見たという話を聞き込むこともなかった。

「あまり考えたくない話ですけど、どこかで死んでいるのかもしれませんね」

「ふむ。あり得る話だが、もしそうだったとしても仕方ないと諦めるしかないだろう。生きているものは必ずいつか死ぬ。儂やお前もな。誰もそれから逃れることはできない」

「そうなんですけど、だからこそもっと優しくしてやれば良かったかなと。あいつ、猫たちに囲まれて肩身が狭そうでしたし」

「親に死なれた後でもっと孝行しておけば良かった、と感じるのと同じだな。後悔先に立たず、だよ。もし野良太郎が生きて帰ってきたら、存分に相手をしてやることだ。それはそうと、お紺の縁談が妙な具合になってきたようだな。儂はまだ詳しく聞いていないのだが、お前は知っているのか」

「はい。承知しております」

お紺の父親の岩五郎の方から、小竹屋の杢太郎との縁談を断ったという。料亭で互いの顔を合わせる前のことで、杢太郎の父親は随分と驚いたらしい。

「最初にその話を聞いた時、儂はてっきりお紺のやつが、相手の顔が気に食わないとか何とか駄々を捏ねたのではないかと思ったのだが、会う前なのだから違うらしいな。それならなぜ断ったりするのか。岩五郎さんは縁談に乗り気だっただろう。それなのに、その岩五郎さんの方から断ってしまうなんて不思議だよ」

「おっしゃる通りです。しかし実は、それには深いわけがありまして」

お紺とお千加、そしておよしが七人の輩に襲われそうになった時に、鬼瓦のような顔をした男が助けに飛び込んだ。その日は素性が分からないまま男と別れたが、その後、それが小竹屋の杢太郎であったことが確かめられたのである。

「……ほほう、鬼瓦ね。ということは、やはりお紺のやつが、相手の顔が駄目だと言い出したんじゃないのかね」

「いいえ、違うのです。お紺ちゃんは、鬼瓦が小竹屋の杢太郎だとまだ知りません」

見栄を張って何も言わずに去ろうとしているのだから、素性を訊いたりしてはいけないという弥之助や蓮十郎の言葉に、渋々ながらお紺は頷いたのだ。しかし、それに納得できない者が他にいたのである。

「お千加ちゃんが、丸亀屋の者を使って調べさせたんですよ」

おっかない顔つきの、背の高い二十歳くらいの男で、最近顔を腫らして帰ってきた者を探すことなど、付き合いの広い丸亀屋なら容易くできただろう。

「ふむ。お千加ちゃんは真面目な子だからな。助けてもらったのに何も礼をしないのは悪いと考えたのだろうね」

「いえ、そうではないようなのです。まったく世の中には不思議なことがあるものだ、としか言いようがない。表向きは大家さんがおっしゃるように礼をするために探させたということになっているのですが……驚いたことに、どうやら惚れてしまったらしいのですよ、お千加ちゃん。その鬼瓦に」

「な、なんだと」

吉兵衛は目を見開き、口をあんぐりと開けた。

「私も初めに聞いた時はそんな顔になりました。でも、お千加ちゃんもたいしたものだな、とも思いましたよ。七人の男を相手にたった一人で立ち向かっていったやつですからね。顔はまずいかもしれないが、性根は立派なやつだ。お千加ちゃんには、それが感じられたのでしょう。お紺ちゃんとは大違いだ」

「ううむ、しかしなぁ……」

「もちろんお千加ちゃんは奥ゆかしい娘ですから、惚れたなんて自分の口から言いませんよ。しかし、およしさんが気づいたみたいなんです。それで色々と話を聞いて、どうやらそうらしいということになりましてね。丸亀屋さんでは大騒ぎです。大家さんもご存じの通り、お千加ちゃんは縁結びの神様から見放されておりましたから」

「うむ。儂も随分と心配していたよ。良い人が見つかることを願っていた。しかし、お紺の縁談相手として名が挙がっている者では……」

「そのことは丸亀屋さんも知っていました。そこで、菊田屋の岩五郎さんの許へ相談に行ったみたいなんです。岩五郎さんの方もお千加ちゃんの事情はよく分かっていますからね。話を聞いて、それならと引き下がったのです。幸いお紺ちゃんにはもう一人、大松屋の文次郎という相手がいますから」

「つまり、お千加ちゃんには杢太郎、お紺には文次郎と、今回の縁談はそういう形になったわけだな。ううむ……」

「何か気がかりなことでもあるのですか。すっきりしていいと思いますが」

「それは、そうなのだが……」

吉兵衛は考え込むように腕を組んで動かなくなった。そうしてしばらく首を捻ってから、重そうに口を開いた。

「お前は、確か大松屋について妙なことを言っていなかったか。首を吊ろうとした甚平さんという人が怪しげな観音像を手に入れた先が大松屋だったという話だ。その件はどうなっているのだね」

「はあ。もう少しで調べが終わります。お話しするのはその後ということで」

「そうか。まあ文次郎という男は人柄が良さそうだと聞いているから、そちらはあまり心配していない。むしろ今は杢太郎の方が気になっているのだよ。実はね。杢太郎という男はやめた方がいいんじゃないか、という話を儂は耳にしたんだ。これはお紺の縁談相手としてだけどね。それを言ったのは、留吉と新七だ」

「ほう」

吉兵衛は長屋を離れた子供たちの様子をたまに覗きに行っているから、その時に話をしたのだろう。

「しかし、あの連中の言うことですから……」

「だからこそ気になるのだよ。お前も知っての通り、あいつらは幽霊の出す音や臭いを感じることができる。どうもね、二人が李太郎を拒んでいるのは、そっちの方と関わりがあるようなんだ。もっとも、新七は途中からどうでもいいという風に変わったようだが」

「ふうむ、どう考えるべきなんでしょうかねぇ……」

弥之助の受けた印象では、李太郎は悪い人間には見えなかった。目明しをしている者として、これはかなり自信がある。あまり人当たりはよくなさそうだが、断じて悪人ではない。

しかし一方で、吉兵衛の心配も分かる。この世ならざるものを感じ取れる新七と留吉の言葉だ。軽く見ない方がいいのではないか。しかし、そうなると……。

「おい、弥之助。忙しいだろうが、ちょっと李太郎のことも調べてくれ」

「ああ、やはりそうなりますか……」

蓮十郎からも色々と言われているのに、その上さらに吉兵衛からの頼みだ。どうして俺の周りにいる人間は、やたらと人使いが荒いのだろうと、弥之助は天を仰ぎながら嘆くように溜息を吐いた。

二

忠次は修業先の親方に連れられて、小竹屋という質屋にやってきた。

親方はこの質屋を物置のようにして使っていた。春になると火鉢や炬燵(こたつ)などを入れ、秋に持ってきていた蚊帳などを持って帰る、といった具合だ。それならもっと家の近くにある質屋に出入りすればいいのに、と思うが、どうやらこの質屋とは昔馴染(むかしなじ)みで付き合いが長く、それで今でもわざわざ遠くまで足を運んでいるということだった。

もっとも、今日は何かを質入れに来たわけではなかった。特に用もないのに小竹屋を訪れたくなる時が親方にはあるらしい。忠次が兄弟子に聞いたところでは、「職人は、いや男は無口であるべきだ」と弟子たちの前ではいつも口を真一文字に結んで難しい顔をしている親方だが、実は物凄く喋るのが好きな人だそうだ。それで二、三ヵ月に一度はここへ顔を出し、古い知り合いである店主相手に、日頃我慢していたお喋りをするのだという。

小竹屋に入ると、親方が一人だけ奥に通されていき、忠次は店の土間に残された。

兄弟子の話は本当なのかなぁと思いながら親方の背中を見送る。すると、すぐに奥から楽しそうに喋る親方の大きな声が聞こえてきた。本当だった。

喋りに満足するまで親方は出てこないとも兄弟子は言っていた。ずっと待たされることもあれば、すぐに出てくる時もあるらしい。今日はどちらだろう、長くなったら嫌だな、と苦い顔をしながら忠次は上がり框の隅に座り、手持ち無沙汰のまま店の中を眺めた。ちょうど客が来ていて、店番をしている若い男がその相手をしているところだった。

随分とおっかない顔つきをした店番だったが、客は物怖（ものお）じせずに喋っていた。どうやら何度も来ている常連客らしい。店番の男を名前で呼んでいることからもそれが分かる。

「なあ、杢太郎さんよ。これは売れば高い値が付く壺だぜ。それを質草にしようってんだから、相応の銭を出してもらわないと」

「だったら売ればいい。こちらが質に入れてくれと頼んでいるわけじゃない」

無愛想を絵に描いたような顔で杢太郎の方は言い放つ。

「そう言うなよ。本当に良い壺なんだぜ」

それは、まったく目の利かない忠次が見ても、どこで拾ってきたんだと思うようなみすぼらしい壺だった。安物なのは明らかなのに、それでも男は粘る。

「ほら、李太郎さん。手に持って調べてみなよ」

「ちっ、まったく、俺も暇じゃないのに」

李太郎は渋々といった感じでのろのろと手を伸ばし、壺を持ち上げた。

その途端、壺の口から白い煙のようなものが湧き出した。それはみるみるうちに手の形になり、李太郎の左腕をつかんだ。

当然それはこの世の者ではない。最近は夢という形でばかり見ていたので、忠次は少しびっくりした。まだ、そういうものをはっきりと見る力が残っていたらしい。

「ふうむ。どこから見ても立派な安物だ」

李太郎は壺を横から眺めたり、ひっくり返して底を見たりしながらそう言った。まだ白い手は李太郎の左腕をつかんでいたが、それを気にする素振りはまったくなかった。

「そう言わずにもっとよく見てくれよ。お願いだからさ」

懇願している客の方も、壺の口から伸びている手は見えていないようだった。

あの白い手は李太郎って人の腕をつかんだままだが、このまま放っておくとどうなるのかな、と思いながら忠次が眺めていると、李太郎は壺を床に置き、客に向かって諦めろという風に右手を振った。

ちょうどその手が、壺の口から伸びていた白い手を振り払うような形になった。白い手は李太郎の左腕を離し、壺の中へするすると戻っていった。

その後も李太郎と客の間で丁々発止のやり取りがあったが、結局客は子供の小遣いに毛が生えたような銭だけを受け取り、壺を置いて店を出ていった。その背中を見ながら、忠次はさっき李太郎がみせた仕草を思い返していた。白い手を振り払ったのはわざとなのか、それともたまたまそういう形になっただけなのか。

どちらだろう、と考えつつ客から目を離し、顔を李太郎の方へと戻した。

李太郎は、まっすぐに忠次の方を見ていた。そして目が合うと、にやりと笑った。もしかしたら優しく微笑(ほほえ)みかけたのかもしれなかったが、元々の顔の造りが怖いせいで、こちらを脅しているようにしか見えなかった。

忠次が怯えていると、李太郎は、くいっと顎を動かして店の表の方を示した。それから立ち上がり、履物を突っかけて外へと出ていった。

――多分、おいらもついてこいという意味で顎を動かしたのだろうな。

取って食われるなんてことはないから……いや、あの顔ならあり得るかも……などと考え、びくびくしながら忠次は表へ出た。

李太郎は店のすぐ前にいて、こちらに背を向けて大きく伸びをしていた。座っていた時でも分かったが、随分と背の高い人だ。

「小僧、どうやら壺から手が出ていたのが分かったようだな」

忠次が表に出てきたのに気づいた李太郎が振り返って言った。それに対して、忠次はどう答えればいいか迷った。幽霊が分かることを知られたために面倒に巻き込まれた、なんてことがこれまで何度かあったからだった。

「い、いや……」

言葉に詰まってると、李太郎は「誤魔化さなくていい」と首を振った。

「俺も分かる人間だからな。小僧よりもっと小さい時分からだ。物心がついた時には見えていたから、生まれた時からかもしれない。他の人には見えないもの、聞こえない声などを俺だけは感じていた。臭いで来る時もある。ごくまれだが、食っているものの味が変わることもあった」

「へ、へえ……。味ってのは初めて聞いた」

「例えば飯屋で、食っているものが急に生臭くなったり、血の味が口の中に広がったりするんだ。たいていはこれまでに何かあった店だな。前の店主が首を吊っていたり、刃傷（にんじょう）沙汰があって人死にが出ていたり」

「そうなんだ……」

　自分たちは「見る」「聞く」「嗅ぐ」の三つしかなかったために、いつも銀太だけが仲間外れになってしまっていた。この「味」というのが加わっていれば、銀太ばかりそんな目に遭わずに済んだのに、と忠次は今さらながらお多恵に文句を言いたくなった。

「そんなことがあると二、三日は飯が喉を通らなくなるぞ。その場を離れてもしばらく嫌な味が口の中に残ったからな。他のは案外とすぐに慣れるんだけど、味が変わるのだけは嫌だったたな。まあ、俺の場合だけかもしれないが」

「ふうん」

　そうすると、お多恵ちゃんは食べ盛りの自分たちに気を遣って、飯だけは腹いっぱい食えるようにしたのかもしれない。

　――ううん、どうかな。

　一人が仲間外れになった方が面白いから、そうしただけかもしれない。お多恵ちゃんならあり得るから怖い。

「とにかく幽霊とか、この世ならざるものを感じてしまう。しかも俺は質屋の倅だが、やたらとそういうのを見ることが多いんだよ。質草の中には未練とか執着とかが染みついているものがあるからな。さっきの壺もそうだ。あれは、小僧には安物に見えたかもしれないが、実はあの客が言っていた通り結構値の張る良い壺なんだよ。そのために、何代か前の持ち主が執着しているのだろうな。あんなものを持っていると、きっと良くないことが起こる」

「どうしてそんなものを質草に取ったの。小竹屋さんで何か起こってしまうかもしれないよ」

「俺がいるから平気だ。それに質草というのは八ヵ月で流れるという決まりがある。多分、あの男は引き取りに来ないだろうから、そうしたら割ってやろうと思うんだよ。あんなものはこの世にいらん」

「へえ……」

この杢太郎という男、どこからどう見ても悪人の極みという顔をしているが、案外と中身は善人なのかもしれない。

「だが、俺と違ってわざとああいう品を仕入れる店もあると聞いたことがある。買っていった客が、これは駄目だと戻しに来るんだ。銭は返してもらわなくて結構だとか言われたらしめたものだ。半値でも十分だ。何度でも同じものが売れるのだから儲かるよな」

「そんな酷いことをするお店が……」

「世の中にまったくないとは言い切れないだろう。最近だと、『福をもたらす観音像』なんてものを何度も売ったり引き取ったりしている質屋があるという噂を聞いたな。初めはちょっとした福を与えて、後で不幸のどん底へと叩き落とす品なんだそうだ。つまり、本当は『禍(わざわい)をもたらす観音像』なわけだ」

もしそんなものが自分の前に現れたらどうしようと忠次は考えた。多分おいらにはそれが福をもたらすものなんかじゃないと分かるだろう。しかし、だからと言ってどうすることもできない。何かしたらこっちに不幸が降りかかりそうだ。禍の鎖を断つために、例えば壊すとか燃やすとかする、そんな向こう見ずな度胸はとても持ち合わせていない。そんな度胸があるのは、せいぜいお紺と、銀太くらいであろう。

「それからな、俺は幽霊が分かるだけじゃなく、『分かる人が分かる』んだよ。実はな、小僧。お前が店に入ってきた時から、そのことに気づいていたんだ」

「ええっ、本当に？」

「最近、似たような小僧が店にやってきたものだから、特に気をつけていたこともあってな。そいつは見えてはいないようだったが、臭いか音で何らかの気配だけは感じていたようだった。まあ、見えなくて幸いだったよ。白粉をべったり塗った女がすぐ

近くをうろうろしているんだからな。にたにたとした気味の悪い笑みを浮かべながら
ね」

「ええっ、それは嫌だなぁ。そんな子とは仲良くなりたくないね」

「そうだろう。俺も少し可哀想だと思ってな。どうにかならないものかと声をかけてみたんだよ。そうしたらその小僧、俺の顔を見て一目散に逃げやがってな」

その顔なら無理はないよ、と口を衝いて出そうになったが、忠次は落ち着いてその言葉を飲み込んだ。お紺を相手に似たようなことが何度もあったから慣れている。

「女の幽霊の気配を辿っていけばいいんだから、そいつを追いかけるのは容易いんだ。先回りして捕まえようと試みたんだが、なかなか頭の働く小僧らしくてな。自身番屋へと駆け込みやがった。いらぬ面倒は避けたかったから、その時はそれまでになった」

「へえ、頭の出来がいい子なんだろうね。おいらの友達にも……」

言いかけて、忠次は言葉を止めた。そんな子供に心当たりがある。

「杢太郎さん……その子の顔とか体つきとかを聞いてもいいかな。名前が分かれば手っ取り早いんだけど」

「知っているぞ。新七という小僧だ」

「ああ、やっぱり」

　思った通りだった。

「なんだ、お前の知り合いか。駒込の桶屋の小僧のくせに、内藤新宿に知り合いがいるんだな。秩父屋という店にその新七はいるのだが」

「いや、おいらたちは麻布の溝猫長屋で一緒に育ったんだ。今はおいらが外に修業に出ちゃったから別れちゃったけど。その秩父屋ってのは新ちゃんの叔父さんの……えっ、秩父屋っ」

　夢で見た店だ。屋根の上に女が乗っていて、薄気味悪い笑みを浮かべていた。

「そう、秩父屋だ。実は、その前にも釣り竿を持った男と一緒にその小僧が店に来たことがあったんだ。その釣り竿もさっきの壺のように妙なものが取り憑いていたんだが、持っていても特に悪いことは起こらなそうだから放っておいた。それはそうと、初めに来た時には新七に女の幽霊は憑いていなかった。だが、俺と同じように幽霊を感じる力がある子だと分かったから、気になってこっそり後をつけたんだよ。そうしたら内藤新宿の秩父屋に入っていったんだ。その時は家を確かめただけで俺はそのまま帰ったが、翌日になってもう一度行ってみた。やっぱり気になるからな。その幽霊を感じる力について、何か話ができればと思ったんだ。ところが、行ったらびっくりだ。屋根の上に女の幽霊が立っていやがるんだよ。前の日にはいなかったのに」

「それ、おいらも夢で見た。実はおいら、元々は幽霊がしっかりと見えていたんだけど、最近は力が弱まってきて、夢で見るっていう形に変わってきていたんだ。さっきの壺から出た手は久しぶりにはっきりと見えた」

「多分、俺が近くにいるからだろうな。なんか、よくいるんだよ。いつもは鈍いのに、俺と一緒にいる時はなぜか妙な気配を感じるとか言うやつが。俺の力が少し漏れているのかもしれないな」

　この杢太郎は、力が強すぎて周りに迷惑をかけることもあるらしい。

「結局、その日も新七に声をかけるのはやめた。様子を見ようと思ったんだ。後になって我慢しきれずに声をかけたら自身番屋に逃げられたんで、やはりその時に話しておけばよかった、と今になると思うけどな」

「……おいら、別の店の屋根にも女の幽霊が立っている夢を見たんだけど」

「多分、浅草の伊豆屋だろう。俺も気づいていた。当然、気になったからその後も折を見ては伊豆屋の周りをうろうろしたよ。どうもその店にいる小僧に憑いているようだった。やっぱりお前と似たような年格好じゃなかったかな。小柄だが、それだけに身軽そうな動きをする小僧だった。それと、新七とかいうのと同じく、見えないけれども声や臭いなどの気配を感じる力がありそうだったな」

思い切り心当たりがある。多分、というか間違いなく留吉だ。

「その小僧に声をかけることもやめておいた。屋根の上に立っていた女の幽霊たちが見ている先が気になったからだ。交わった先に何かあるんじゃないかと思って、そちらを調べることにしたんだ。しばらくの間、散々あちこちを歩き回ったよ」

忠次は夢で見た女たちの様子を思い返した。秩父屋に立っていた女はだいたい南東の方角、伊豆屋に立っていた女はほぼ南西の方角へ顔を向けていた。

「まあ、正しい場所は分からないけど、おおよその場所はつかめた。麻布だ。そう言えば小僧、お前も麻布で育ったって言っていたな」

忠次は頷いた。

「つまり、新ちゃんと留ちゃんが育った溝猫長屋の方を女は見ていたということになるんだね」

「留ちゃんというのは伊豆屋の小僧のことだな。残念ながらというか幸いというか、お前の考えは間違いだ。ちょっと訊くが小僧、お前、最近になって別の夢を見たんじゃないのかな」

忠次は頷いた。秩父屋と伊豆屋の屋根の上にいた女たちが、二人並んで同じ屋根の上に立っている夢だった。その場所は……。

「お紺ちゃんの家の、菊田屋さんに立っている夢だ」

「そう。俺が思うに、女たちは初めからお紺さんを狙っていたんだ。だが直には取り憑けなかったから、いったん小僧たちに憑いて、それからお紺さんの所へ移ったんだよ」

「どうしてそんなことが分かるの。あっ、その前に、おいらが菊田屋さんの夢を見たとなぜ分かったのかも訊きたいんだけど」

「お前、少し前から幽霊をはっきりではなく、夢で見るという形に変わってきていると話していたよな。多分、屋根の上にいる女たちより前に、幾つか夢を見ているはずだ。それについて思い返してみろ」

「ええと……」

まず、土に埋められる夢を見た。天井板の模様を覚えている。そして後に、その天井板がある家の床下から男の死体が見つかった。

それから、二階の窓から外を眺めている夢を見た。似たような景色の場所を通りかかったので、そこにあった家に忍び込んだら男が鴨居で首を吊っていた。

「お前が見たのは幽霊が見た景色、あるいは死にゆく人が最後に見た光景なんじゃないかな。強く残った念みたいなものが漂っていき、お前の許へ辿り着いたんだ」

「それなら、屋根の上にいた女は誰が見たものなの？」

李太郎は己の胸を指さした。

「俺だよ。秩父屋と伊豆屋にいた幽霊たちを見た話はしたな。実はその後で俺は、菊田屋へも見に行っているんだ」

「でも、李太郎さんは生きているし……」

「だからさっきも言ったが、どうも力が強すぎて、漏れているようなんだ。俺は店にいたのに、同じ頃にまったく離れた場所で会ったなんて言う知り合いもいてな。生霊みたいなものが飛んでいったのかな。とにかく、そんな人間だから、俺が見た光景がお前の元へ辿り着いても不思議はない」

忠次は「李太郎さん……あなたは化け物ですか？」と呟きそうになったが、声は飲み込んだ。見た目のことを言っているのだと思われたら嫌だからだ。

「もう一つ、お前は俺に訊ねたな。女たちの幽霊がいったん小僧たちに取り憑き、それからお紺さんに移ったと、どうして分かるのかってことを。答えてやりたいところだが、それは勘弁してくれ。お前のためだ。あまり知りすぎると危ない目に遭うかもしれないからな」

「ふうん……」

　残念だな、と忠次は肩を落とした。相手が弥之助親分だったら、うまく誤魔化しながら話を聞き出すのだが、初めて会った杢太郎では、それができる自信がない。まだ心に引っ掛かることがたくさん残っているのだが、話はこれで終わりだ。後は小竹屋の隅で、親方が出てくるのを静かに待つとするか、と忠次が諦めかけた時、脇の方からよく知っている男の声が聞こえてきた。

「いや、話してしまっても構わないんじゃないかな。あんたが考えている、危ない目に遭わせそうな相手をやっつけちまえばいいだけなんだから」

　現れたのはまさに先ほど忠次が頭に思い描いた人物、目明しの弥之助だった。思わず忠次の口元がほころぶ。これで詳しい話が聞ける。

「おや、親分さん。この間はどうも」

　一瞬驚いたような顔をした後で、杢太郎は弥之助に向かって頭を下げた。

「あれ、親分さんは杢太郎さんと知り合いなんだ。縄張りが違うのに。もしかして、質屋に通っている常連のお客さんとか」

「ふん、貧乏すぎて質に入れるものすら持ってねぇよ。おい忠次、俺の顔を見てにやにやしているみたいだから、ちょっとびっくりさせてやるぞ。お前は駒込に修業に出ていたから聞いていないだろうが、ここにいる杢太郎さんはな、あのお紺ちゃんの縁談相手なんだぞ」

「ええっ」

腰を抜かしそうになった。確かに杢太郎は当たり前のようにお紺の名を出していた。それについても少し不思議には思ったが、きっと杢太郎が何か「力」を使ってお紺の名を知ったのだろう、くらいに考えて特に訊かなかった。まさか、縁談相手だったとは。

「ふむ、素直に驚いたようだな。それじゃあお前はそのまま口をあんぐり開けて、しばらく静かにしていてくれ」

弥之助は忠次に向かってそう告げると、杢太郎の方を向いた。

「俺は目明しだから、これまで多くの悪人に出会ってきた。その俺の目からは、お前さんは悪いやつには見えない。首吊り小屋でお紺ちゃんたちが襲われそうになった時、救おうとしたことからもそれは分かる。しかし、お前さんの動きには怪しい点が結構あるんだよ。何をやっているんだろうと思っていたんだが、さっきまでここで忠次としていた話を盗み聞きして、すべて腑に落ちた。あんたは悪人どころか、むしろ正義の人だ。同業者に悪いやつがいるから、そいつを懲らしめるために色々と動いていたんだな」

「はあ、さすが親分さんだ。だけど正義とかいう立派なものじゃありませんよ。ただ、子供の頃からやたらと幽霊が見えて苦労してきたので、そういうものを使って金儲けしようとする輩が気に食わないだけでして。それで『福をもたらす観音像』とかいう品のことを調べていたら、思っていたよりはるかに悪いやつが出てきてしまったものでして」

「お紺ちゃんのもう一人の縁談相手、大松屋の文次郎だな」

弥之助はそう言うと、なぜか忠次の顔を見た。

「えっ、なに？」

「いや、ここでまたお前がびっくりして大声を上げるだろうと思ったんだが」

「ごめん、今日はあまりにも驚くことが多すぎて、なんか慣れちゃった」

「そうか。ううむ、前々から思っていたんだが、どうもお前たち溝猫長屋の連中は、物事に慣れるのが早すぎる気がするんだよな」

弥之助は不満そうな表情で首を傾げた。忠次が驚かなかったのが少し悔しいらしい。弥之助はその顔のままで、再び杢太郎へと目を向けた。

「実は俺は、まったく別のことから文次郎が悪人であると分かったんだ。さっき話していたようだが、忠次が夢で見た場所で出てきた二つの死体。それと、首吊り小屋で死のうとした甚平という小料理屋の亭主。これらは同じ金貸しでつながっていた。埋められたやつは金貸しの仲間で、仕事のことで揉めて殺されたようだ。鴨居で首を吊った男は、借金のせいで死んだ。甚平が死のうとしたわけも同じだな。そして、この金貸しの一味と大松屋の文次郎は知り合いだった。質屋の客の中でよほど金に困っていたり、後のことを考えずに借金を重ねていきそうなだらしのないやつがいたりしたら紹介していたんだ」

「それと、例の『禍をもたらす観音像』ですね」杢太郎が言葉を継いだ。「それも借金をさせる道具として使っていたらしい。俺はそれに腹を立てていたから、大松屋の周りをうろついて、調べ回っていたんだ。そうしたら、文次郎が本当にどうしようもないやつだと分かった。あいつはなかなかの色男でしょう。表向きの人当たりもいいから、言い寄ってくる女もいたんですよ。文次郎の方も女好きだから、自分の方から手を出した女もたくさんいた。で、飽きたら借金を負わせて捨てる。それで自害してしまった女もかなりいるらしい。あの新七と、それから伊豆屋の小僧。そいつらに取り憑いた女もそうしたうちの二人ですよ。しかもかなりたちが悪い。恨みが文次郎に行かず、新たに近づいてくる女の方へ向かっていく。そういう幽霊も中にはいるんですよ。自分たちの仲間を増やそうとしているのでしょうかね。そして、そんな連中が今回狙いを定めたのがお紺さんです。文次郎の縁談相手ですからね。狙わないわけがない」

「しかし、さっき忠次も訊いていたが、どうして直にお紺に取り憑かないんだ」

「文次郎とお紺さんがまだ会ったことがないからです。いつもは文次郎に取り憑いているんですよ、その二人は。そこへ新七と、伊豆屋の小僧が訪れた。多分、話の流れでお紺さんの名が出たのではないでしょうか。新七の方はお紺さんの縁談相手を探りに行ったわけだから文次郎相手にその名を漏らすことはなかったかもしれないが、一緒に行った釣り竿男との間での会話の中でお紺さんの名が出てきたのでしょう。女たちは、それを聞いて子供たちがお紺さんの知り合いだと分かった。それでいったん連中に取り憑いて、二人がお紺さんと会った時にそちらへ移ったんです」

「なるほど、幽霊のことはよく分からんが、そういうこともあるのかな。とにかく、これですべての話がつながったな」

「いや、まだ残っているでしょう」

　杢太郎は首を振って、弥之助の顔を不思議そうに眺めた。しかし、すぐに「あ、そうか」と声を出した。

「親分さんは後から来たから、あの連中に会っていないんだ」

「誰の話だい？」

「お紺さんたちを襲おうとした、七人の馬鹿野郎たちです。うまく隠れて調べ回ったから連中は俺の顔を知らないが、俺の方はやつらを知っているんです。そいつらが、例の金貸しの仲間ですよ」

「ほう」

「ついでに言うと、借金を負わせて女たちを苦しめることとは別に、前から時々あの首吊り小屋へ女を無理やり連れ込んでいたようだ。あの小屋で死んだ者の中には、そのせいで首を吊った女もいるようです」

「はああ、もう呆れるほど屑な連中だな」

弥之助は大きく息を吐き出しながら天を仰いだ。

ちょうどその時、無人だった小竹屋の店の中に人の姿が現れた。店主と、桶屋の親方だ。話が終わったらしい。もっと長く喋っていればいいのに、と忠次は舌打ちした。

「……親分さん、おいらもう行かなきゃ」

それでもおいらは弟子だから仕方がないと、忠次は急いで店の中へと戻りかけた。

しかし途中でその足を止め、弥之助の方を振り返った。

「実は話が途中で分からなくなっちゃって、おいら最後の方はよく聞いていなかったんだ。結局、どういうことなの？」

「難しく考えることはない。大松屋の文次郎とその仲間は悪人だから懲らしめてやる。それだけの話だ。後のことは俺たちに任せて、お前は桶屋の修業をしっかりやればいい。どうも話に聞いたところでは、銀太のやつは何か悪さをしたのがばれて、近々溝猫長屋に戻されるらしい。新七も、手伝っている叔父の店が暇だから帰ってくるようだ。そして留吉だが……」

弥之助は忠次から目を離し、杢太郎の方へ顔を向けて訊ねた。

「伊豆屋とかいう呉服屋のことだが……」

「店主が大松屋に通っているようですね。まだ確かなことは言えませんが、もしかしたらあまり店の内情がよくないのかもしれません」

「……そういうことらしい。そこで忠次、お前にお願いがあるんだが」

忠次の方へ目を戻した弥之助は、頼み事をする時のように顔の前で手を合わせた。

「これでお前まで長屋に戻ってきたら、大家さんが倒れちまう。そこまでいかなくても、色々と愚痴を聞かされそうだ。だから忠次、頼むから追い出されるようなことはしないでくれよ」

親方が店先に出てきた。忠次は弥之助に「おいらは平気だよ」と声をかけ、それから親方の方へと向かった。

三

「ここかい？」

大松屋の文次郎は、とある家の前に立った。場所は根岸だ。この辺りは風光明媚な土地で、商家の寮などがよく建てられている。文次郎が見ているのは、そんな中の一軒だ。

「辺りに人影はないよな」

寮、とはつまり別荘のことなので、景色を楽しみながらのんびりできるような場所に作られる。そのため隣との間は離れていることが多い。ここもそうで、ほとんど野中の一軒家と言ってもいいような家だった。夕暮れ時の今時分は人が通りかかる心配はまずない。しかし、それでも文次郎は用心深く周りへと目を配った。

「そんなにびくびくしなさんな。こんな所には誰も来やしないよ」

隣に立っている、源七という男に声をかけられる。

「そう言う源さんは、この間酷い目に遭ったわけだろう。誰もいないと思っていた首吊り小屋でさ」

「ああ、お前はいなくて良かったぜ。あれは痛かった。まだずきずきする」

源七はそう答えながら顎を撫で、続けて頭の後ろへと手をやった。

「しかも、どうやられたか自分では分からないらしいじゃないか」

「間合いが近かったせいだよ。相手が木刀を下へ突き落とす動きをしたのは見えた。同時に格三さんが悲鳴を上げたから、足をやられたんだというのも分かった。それでとっさに格三さんの足下へと顔を向けようとしたんだ。そうしたら下からごつんと来て、目の前が真っ暗よ」

「格好悪いが、それでも格三さんよりはましなんだよな。あの人は足の甲の骨を砕かれたから。しばらくは歩けないらしいぜ」

「それを考えると、念には念を入れるべきだな」

源七は後ろにいた男たちに家の周りを見回るよう指示を出した。三人の男たちが足音を忍ばせながら周りに散っていく。元々は百姓家だった所を買い取って寮にしたようなので敷地は広い。今は使われていないらしいが、母屋とは別に納屋もある。家の後ろの方には木立も繁っている。男たちはそれらの場所に人が潜んでいないか、慎重に確かめ始めた。

「さすがに丁寧だな。あの三人も、その時に揃ってやられたわけだから無理もないが」

その際にはもう二人いたが、そいつらは格三と同じく、まだ動けずにいる。

「うむ。だがあんな相手に出くわすことなどそうそうあるまい。とにかく尋常ではない強さだった」

「何者だろう」

「襲った娘の一人は、そいつを古宮先生とか呼んでいたな。食い詰め浪人なんだろうが、首吊り小屋みたいな所に寝起きして平気でいられるんだから、まともな人間ではあるまい。二度と関わり合いにはなりたくないな」

「うむ、確かに」

首吊り小屋があるのは青山の外れの渋谷川のほとりで、ここは根岸だ。江戸の反対側と言っていい。その浪人がこの辺りをうろついているとは思えないが……と思いつつ、文次郎は再び辺りへ目を配った。猫の子一匹歩いてはいなかった。

しばらくすると家の周りを調べに行った三人の仲間たちが戻ってきた。納屋や裏の木立などにも誰一人潜んでなかったようだ。

「ここにいるのは俺たちと、中にいる娘だけということになった」

文次郎は、目の前の家へ目を向けた。そこには今年で十八になったお葉という娘が、たった一人で中にいる手筈になっていた。ここを買い取って寮として使っている商家の娘だ。

文次郎は質屋という商売柄、内情が苦しい家を知っている。それを金貸しに教えるのが役目だが、仲間の中には当然のように女衒もいた。もし先方に若い娘がいたら、借金のかたにして女郎屋へと売るのだ。今、話をしている源七という男が女衒だった。

「お葉という娘もさすがに十八にもなるから、自分の家の商売がうまくいっていないことは分かっているようだな」

源七が他人事のような口調で言ったので文次郎は笑った。

「そりゃ源さんや格三さんみたいなのが毎日のように店に顔を出すんだから嫌でも気づくさ。まあ、俺も娘の顔を覗きに行ったことがあるが」

お葉は店の主である父親から、「お前の身に何かあってはいけないから、借金を返すまでの間、寮の方へ籠もっていてくれ」と言われて、数日前からここへ逗留しているのである。

いつもは店の者が何人か一緒に泊まっているのだが、今日は娘を残して一斉に店の方へと行ってしまった。お葉は連中が戻ってくるのを待っているところだが、その代わりに文次郎と源七が顔を出せば、即座に自分が売られたということが分かるだろう。

――その時、娘がどんな顔をするか楽しみだな。

悲嘆にくれるのか、ただ呆然とするだけか。

それに、まさか娘も女郎屋に連れていかれる前にこの場で俺たちに味見されるとまでは思わないだろう。それが分かった時には、また別の顔を見せてくれるはずだ。泣き叫ぶのか、能面のように表情を失い、木偶のように俺たちの言いなりになるだけなのか。

――できれば大声で喚き散らしてほしいものだな。

こちらとしては、その方が楽しめる。そうするためにわざわざ周りに人がいないかどうか確かめたのだ。お葉とかいう娘にはぜひ悲鳴を上げながら暴れてもらいたい。

文次郎はそんな娘の様子を頭に浮かべ、ほくそ笑んだ。

「……そう言えば、菊田屋とかいう店との縁談はどうなっているんだい？」

家の中に入ろうと戸口の前に立った時、文次郎は源七からそう訊かれた。他の三人の仲間たちは娘が逃げた時のために庭の方や裏手へと回っている。

「菊田屋の娘には俺の他にもう一人、小竹屋というやはり質屋の倅との縁談話もあったんだが、そちらはなくなったらしい。だからもうほとんど俺に決まったようなものだ。念のため相手の娘……お紺という名だが、その娘に簪を贈っておいた。うちの親父が菊田屋の店主に会った時に、渡しておいてもらったんだ。娘と父親、両方の心証が良くなるように」

もちろん文次郎の父親は仲間である。と、言うよりほとんど首謀者だ。金貸しと古くから付き合いがあり、ずっと共に裏で悪いことをして儲けてきたのだ。文次郎や格三はそれぞれの下で動いてきたようなものである。

「……後は婿として中に入り込むだけだな。そこそこの身代の店だが、俺があっという間に食い潰してやるよ」

「女房を女郎屋に売り飛ばす時には俺に任せてくれ」

「もちろんだ」

菊田屋の店主とその妻、つまり義父と義母になる二人が邪魔だが、それは後でゆっくり考えよう。まずは今を楽しむことだ、と思いながら文次郎は戸を開けた。

　元が百姓家なので、まず広い土間があった。そこを上がったすぐの部屋の隅に、こちらに背を向けて座っている若い娘の姿が見えた。その奥にも部屋があるが、今は襖が閉じられている。

　娘は入ってきた文次郎たちを肩越しにちらりとだけ見ると、またぷいとあちらを向いてしまった。外から薄暗い家の中に入ってきたので文次郎たちの方からは娘の顔がよく見えなかったが、相手はこちらが店の者ではないことを確かめたようだ。

「お葉さん、多分もう己の身に何が起こっているのか分かっていると思うが……」

　文次郎は上がり框に腰を下ろしながら娘に声をかけた。その横で源七が履物を脱ぎ、いやらしい笑みを浮かべながら部屋へと上がる。

「俺たちと一緒に来てもらうぜ。だがその前に……」

　娘がぱっと立ち上がった。人が通り抜けられるくらいの幅だけ襖を開け、隣の部屋へと入っていく。雨戸が閉まっているのか、そちらの部屋は真っ暗だった。

　無駄なことを、と思いながら文次郎は立ち上がった。裏口から逃げるつもりだろうが、そちらには仲間がいる。そのことは源七も分かっているようで、ゆっくりと娘を追って襖の間をすり抜けていった。

往生際が悪いのは結構だが、できれば声も聞かせてもらいたいものだな、と思いながら文次郎は部屋へと上がった。折よく、悲痛な叫び声が隣の部屋から聞こえてきた。

しかし、それは文次郎が期待した女の声ではなかった。源七のものだった。同時に家の周りから仲間の男たちの声も上がった。

何が起こったのか分からず、文次郎は立ち竦んだ。その目の前に、襖を突き破って隣の部屋から源七が吹っ飛んできた。

多分、投げ飛ばされた時にはもう気を失っていたのだろう。源七は呻き声も上げずに大の字に倒れて動かなくなった。

「ふん、いい気味ね」

目を丸くしながら源七を見ていた文次郎は、その声に顔を上げた。外れた襖の向こうに娘が立っていた。やけに冷たい目で源七を見つめている。

「……お葉ではないな」

年格好は似ている。しかし、その顔に見覚えはなかった。

「おい、女。お前、何者だ？」

文次郎が訊いた瞬間、娘の手がぱっと動いた。

まっすぐ顔に何かが飛んでくる。文次郎はすんでのところでそれを避けた。

「お紺……俺が言うのもなんだが、人に向けて簪を投げるのはどうかと思うぞ」

暗い部屋の奥から、痩せた侍がゆらりという感じで現れた。源七を倒した男のようだ。

「だって古宮先生、こいつのせいであたしはご近所様に顔向けができなくなるのよ。縁談が一気に二つ駄目になったなんて知られたら、恥ずかしくて表を歩けないわ」

古宮、という名で、どうやらこいつが首吊り小屋の侍らしい、と文次郎は気づいた。そして女は、菊田屋の娘のお紺だ。

「いや、お紺。お前はきっと平気な顔で歩くと思うぞ……さて、表にいる連中は、飛び出していった弥之助や竜がどうにかするだろうから……」

侍が文次郎の方へ顔を向けて、にやりと笑った。源七が「まともな人間ではあるまい」と言ったのも納得だ。気味の悪さを含んだ、凄みのある笑みだった。

「……痛めつけられるのはこいつ一人だけになってしまったな。じっくりと楽しませてもらうとするか」

「ま、待て。俺の話を聞いてくれ」

近づいてこようとする侍に向けて、文次郎は広げた手を前に出した。人を痛めつけるのが好きな食い詰め浪人なら、何とかなるかもしれない。

「……古宮先生、私どもの仲間になりませんか。金や女は望むだけご用意いたします。もちろん、あなた様の腕を存分に振るえる相手も」

「ほう」侍は足を止めた。「金や女はどうでもいいが、最後のは興味があるな」

「世の中には金を借りておいて返そうとしない者が多い。古宮先生には、そういう連中を思う存分叩きのめしていただきたい。そもそも我々は、貸したものを取り立てているだけです。借りたものは返すのが道理なのに、そうしないやつらが悪いのです。確かにお葉のような、女郎屋に売られていく可哀想な娘も中にはいる。しかし我々を恨むのは筋が違います。借金を返せない親を恨むべきでしょう」

「ふむ、なるほど。お前の言うことも一理あるかもしれないなぁ」

侍は首を傾げて考える仕草をした。これはもうひと押しだ、と文次郎は思った。

しかしその時、庭側の障子戸が大きく開くと同時に、「ありませんよ、そんなもの」と声がした。目を向けると、三十代半ばと見える男が苦々しい顔で立っていた。その後ろの地面に、庭の方へ回り込んだ仲間の男が倒れているのが見えた。

「古宮先生、騙されちゃいけませんよ。金を貸し付けておいて、返せなくなったら店ごと乗っ取るのがそいつらの手なんです。何人も女を襲っているというのもありますし、それに仲間割れで人を殺して埋めてもいる。もうね、あちこちから恨みを買っているんですよ、そいつらは。調べれば他にも死体が出てきそうだ。そんな連中の仲間になるなんて……」

「心配するな、弥之助。冗談で乗り気になった振りをしただけだ」

「それならいいんですけどね。古宮先生の場合、あり得なくもないから怖い。私が世話になっている八丁堀の旦那などが、今頃は大松屋や金貸しの元締のところへ踏み込んでいる手筈になっているんです。その後でこちらへも回ってくるはずですから……」

どうやら悶っ引きらしい。話を聞くと自分はかなり追い詰められているようだ。何とか隙を見つけて、こいつらから逃げることを考えなければ。

文次郎はじりじりと自分が入ってきた戸口の方へと後ずさりした。ところが、そちらからも声が聞こえてきた。

「この間は五人もいたからやられちまいましたがね、相手が一人なら余裕なんだ」

そっと振り向くと、妙に厳つい顔をした背の高い男が戸口を塞ぐように立っていた。

「ほほう、杢太郎もなかなかやるな」

侍が男に声をかけるのが耳に入ってくる。聞き覚えのある名だった。恐らく、小竹屋の倅だ。

「裏口にいた男は俺が片付けましたから」

岡っ引きの隣にもう一人、別の男が現れた。こちらの男にも侍が声をかけた。

「おっ、竜の方も終わったか。涼しい顔をしているな。さすがちんこ切の竜と恐れられているだけのことはある」

「こ、古宮先生。その呼び名は……」

竜という男がはっとした顔でお紺を見た。

「そう言えば留吉ちゃんから聞いたことがあるわ。竜さんには仲間内で呼ばれている二つ名があるらしいって。留吉ちゃんは格好いい名に違いないと考えていたけど、まさか……」

「い、いや違うんだ、お紺ちゃん。俺は煙草屋をやっている親分の家で葉煙草を刻む仕事、つまり賃粉切をしているからこう呼ばれているのであって……」

「どんなわけがあろうと、そんな呼ばれ方をしている人なんて……」

お紺が口元に手を当て、蔑んだような目をして竜を見た。

「いや、だから……親分、それに古宮先生。お願いですから、別の呼び方を考えていただけませんか」

竜が懇願するような口調で頼みながら二人を交互に見ている。そんな竜を岡っ引きと侍はにやにやと笑いながら眺めている。

逃げるなら今のうちだ、と文次郎は考えた。薄気味悪い侍と、岡っ引きとその手下らしき男。この三人にはとても敵いそうもないが、背後にいる杢太郎なら何とかなりそうだ。体は大きいし顔も怖いが、所詮は質屋の倅だ。刃物を見ればたじろぐに違いない。

文次郎は杢太郎に背を向けたまま、気づかれないように懐に手を入れた。念のために持ってきていた匕首を握る。

「そうだな、可哀想だから考えてやるか」

侍が言い、岡っ引きが「そうですねぇ」と相槌(あいづち)を打った。竜が「ありがとうございます」と手を合わせ、お紺が「そのままの方が面白いのに」と口を尖らした。

誰もこちらを気にしていない。今だ、と匕首を抜きながら文次郎は振り返った。土間に飛び下り、刃物を前に突き出しながら戸口に立っている杢太郎を目がけて駆ける。

相手が避けることを見越しての動きだったが、杢太郎は動こうとしなかった。それならこのまま行くまでだ、と文次郎は匕首で杢太郎を突き刺そうとした。

だが、その刃が腹に当たる寸前、横から素早く杢太郎の手が伸び、匕首を払いのけた。それからもう片方の手も使い、文次郎の着物の襟首辺りをつかむ。

杢太郎はそのまま文次郎を持ち上げた。相手の背が高いので、文次郎は随分と高く上げられた気がした。

糞、と思いながら文次郎は相手を蹴ろうと足を動かした。その瞬間、杢太郎はつかんでいた襟首をぐいと引っ張って、今度は文次郎を下へと突き落とした。

凄まじい痛みが体に走った。文次郎はそのまま土間に倒れ込んだ。

「うわっ、これは嫌だな」

呟くように言う竜の声が聞こえてきた。続けて岡っ引きの声も耳に入る。

「うむ。下に落とすのと同時に、膝で股ぐらを蹴り上げたぞ」

二人の声には、気の毒に感じているような響きがあった。

「ふん、女のあたしには分からない痛みだからどうでもいいわ」

お紺の声も聞こえた。こちらの声には、ざまあみろという響きが感じられた。

少しすると、今度は侍の声が耳に届いた。

「うむ、いい呼び名を考えたぞ」

「えっ、本当ですか」竜が嬉しそうに返事をする。「それはどんな名でしょうか」

「玉潰(たまつぶ)しの杢(もく)、だ」

「……は？」

「どうだ、相応(ふさわ)しいだろう」

「そ、それは、俺のではなくて……」

「もちろん杢太郎のだ」

「古宮先生……」

文次郎は脂汗を流しながら二人の会話を聞いていた。下腹の痛みが強くて、動くことができない。逃げるのは無理だ。

あの侍が俺を痛めつけるのを忘れてくれていればいいが、と考えていると、すぐ脇に人の立つ気配がした。

「あたしもあんたの股ぐらを蹴り上げてやろうと思ったけど、気持ち悪いからこれを使うことにしたわ」

そっと顔を上げると、箒を持ったお紺が、その柄の方を前に突き出しながら立っていた。

四

「……ですから、それは無理だと何度言ったら……あっ、と」

溝猫長屋に弥之助の声が響き渡った。早朝なので抑え気味で話していたが、思わず声が大きくなってしまった。

首を竦めながら、少し離れた所に立っている大家の吉兵衛の顔を見る。気にしている様子がないので、ほっとしながら蓮十郎の顔へ目を戻した。

「あまり間抜けなことは言わないでください」

「そうかな、悪くない考えだと思うのだが」

「杢太郎を私の手下として使う、ということのどこが良い考えなんだか」

「何かを調べるのがうまいし、好きそうでもある。力も強い。それに、『ちんこ切の竜』と『玉潰しの杢』の二人がお前の両腕として働いていると知れば、江戸じゅうの悪党が震え上がるに違いない」

肩を震わせて笑っている様子しか浮かばない。それに「賃粉切」にかかっている竜に比べ、杢太郎の方はそのままである。何の捻りもない。そんな呼ばれ方をするのは可哀想だ。

「そもそも我々は今、杢太郎と丸亀屋さんとの縁談がまとまるよう、成り行きを見守っているところなのですから、妙なことを言わずに古宮先生もそのように祈ってください」

不幸なことが重なって縁遠くなっていたお千加にようやく春が訪れるかもしれないのだ。相手の杢太郎は、顔と口の悪さを除けば良い男なのは分かっている。この縁談はぜひうまくいってほしいと弥之助は願っていた。

弥之助だけではない。吉兵衛や長屋の子供たち、そしてお紺までも、お千加の幸せを願ってこの縁談がまとまるように祈っている。文句を言っているのは蓮十郎くらいなものだ。

「だけどなぁ、杢太郎は、幽霊が見えてしまうわけだろう。そんな男が仏具屋である丸亀屋へ婿に入るのはどうかと思うぜ。商売柄、あちこちの寺に出入りしなけりゃならないからな」

蓮十郎はそう言いながら首を傾げた。

「あの男なら平気でしょう。物心がついた頃から見えていたようですからね。それに、お多恵ちゃんの祠の力を得た子供たちより力が強いんだ。そこら辺にうろついている幽霊ごとき、何とでもなるでしょう」

「それもどうかと思うんだよな。あの男はお紺ちゃんに取り憑いた二人の女の幽霊について見誤っていた。結局、お紺ちゃんには何事もなかっただろう。本当に力が強いのかね。見えることまで疑うつもりはないが、案外と中途半端なのかもしれない」

その幽霊のことを、杢太郎は「かなりたちが悪い」と語っていた。しかし、お紺に対して特に不幸をもたらすことなく、いつの間にか消えてしまったらしい。

ちなみにお紺が首吊り小屋で男たちに手籠めに遭いそうになったのは、女たちに取り憑かれる前日のことである。その翌日に留吉や新七に会いに行って、二人に憑いていた幽霊が移ったのだ。だから、その件は幽霊とは関わりがない。

「杢太郎の話とは違い、実はその女の幽霊たちは、文次郎の手によって不幸になる娘がもう現れないようにと考えて動いたのではないか、という考え方もできるだろう」

「……それについては、もしかすると杢太郎は分かっていて、わざと忠次にああ言ったのかもしれません。忠次の方こそ力が弱まって中途半端になっていましたからね。その程度の力であまり深入りするのは危ないから、忠次を遠ざけるために脅したのではないかと」

「ふうん。お前が言うのなら、そうなのかもしれんな」

「まあ、その辺りのことは、いずれ落ち着いたら杢太郎に訊いてみますが、今は丸亀屋さんとの縁談がうまくいくよう我々は静かにしているべきです。今回の件で分かるように、あの杢太郎は幽霊が見えるだけじゃなく、それについて色々と調べ回ることが好きらしい。しかも危なそうなことでも突っ込んでいく向こう見ずなところもある。この長屋の子供たちと一緒だ。だからこそ今は、我々は余計なことをせず、黙って見守らなければならない。きっと大家さんもそう思っておりますでしょう」

弥之助は、吉兵衛の方へ目を向け、そう訊ねてみた。しかし答えが返ってこない。妙だな、と思ってよく見ると、吉兵衛は虚ろな目で呆然と立っていた。こちらの話をまったく聞いていなかったようだ。

「大家さん……ちょっと、どうしたんですかい、大家さんってば」

少し大きな声を出して呼びかけると、ようやく吉兵衛はこちらを向いた。

「どうしたって……あれに決まっているだろう」

吉兵衛は顎をしゃくってお多恵ちゃんの祠の方を示した。そこには、朝のお参りを終えた後で足下に寄ってきた猫たちをいじっている、男の子たちの姿があった。

それは新七、留吉、銀太……そして忠次の四人だった。揃って長屋に戻ってきたので、寅三郎と替わって、今朝から再びこの四人が祠へお参りすることになったのだ。

「新七と留吉、それに銀太は、戻ってくるのではないかと弥之助に聞いていたから諦められるよ。しかし、まさか忠次まで……」

新七は初めから、少しの間だけ叔父の店の手伝いをする話だった。いずれ戻ってくるのは分かっていたのでこれはいい。

留吉については、弥之助や杢太郎が睨んだ通り、奉公先の伊豆屋が例の金貸しから金を借りていたことが分かったので、吉兵衛の方から話をつけて戻してもらったのだ。伊豆屋の主の伝左衛門は、連中と一緒になって悪さをしていたわけではなく、むしろ酷い目に遭わされそうになっていたところだったのだが、それはつまり店の内情がかなり悪いということだ。そこで、別の奉公先を見つけた方がいいとなったのである。だから、留吉のことも吉兵衛は気にしていない。

銀太が戻ってきたのは、あの「福をもたらす観音像」を焚き付けにしてしまったのがばれたためだ。ただ、いずれは何かしでかして追い出されるのではないかと吉兵衛も思っていたようで、銀太については、やれやれ、という感じらしい。

しかし忠次が戻ってきたのは、吉兵衛もさすがに応えたようだ。かなり真面目にやっていると見ていたからだった。実際、今回の件は忠次の方に瑕疵はなかった。修業先から出されたのは、嫁いでいた親方の娘が子供を連れて家に帰ってきたのが原因である。

どうやら亭主が他所に女を作ったらしかった。それで親方も怒り心頭、そんな男の所へは戻らなくてよい、となったのだ。しかしそうなると家が手狭になる。長く修業をしている兄弟子たちは今さら追い出すわけにはいかないので、作業場で寝起きすることに決まった。しかし忠次はまだ来て間もないし、年も若いので、それならいったん家に戻し、新たな修業先を見つけた方が良いとなったのである。育ち盛りの子供が窮屈な場所で寝るのは体に悪いだろうという配慮もあった。

「……まあ、事情を知れば忠次のことも仕方ないと思える。しかし、何も四人が一斉に戻ってくることはないじゃないか」

吉兵衛は、はあ、と大きく溜息を吐いた。それから、顔をしかめながら男の子たちの足下にいる猫たちを指さした。

「子供たちだけじゃない。あれも儂をぐったりさせている原因だよ」

そこには三匹の子猫がいた。名前はまだない。新たにこの長屋で飼われることになった猫たちである。

溝猫長屋にいる猫を減らすために奔走していた吉兵衛は、先日、とある知り合いの家を訪ねた。そこではすでに四匹の猫が飼われていたので、もう一匹くらい増えても平気なのではないかと思い、顔を出したのである。

ところが、その家では猫を持て余していた。子猫が三匹生まれてしまっていたのだ。初めからいる四匹は仕方ないが、この猫たちまで飼うことはできない。どうか貰ってくれないかと吉兵衛の方が頼まれてしまった。

もちろん断ったが、それなら川原に捨てると言われたので連れて帰ってきたのである。

「しかもだよ……弥之助、お前は気づいているか。他所に貰われていったはずの猫たちが帰ってきていることを」

弥之助は辺りを見回してみた。いつの間にか蓮十郎が自分のそばを離れて、井戸のそばで一匹の猫を撫で回していた。黒茶の猫だ。名付け親の大工の許へ貰われていったはずの、手斧である。

「勝手にここまで戻ってきてしまったんだよ。貰い手だった大工の作造さんも、長屋の方が居心地がいいんでしょうから置いてやったらどうですか、と言うのでね。またうちで飼うことにしたのだが……」

吉兵衛の目が別の場所へ向けられた。弥之助がそちらを見ると、長屋の隅に植わっている木の根元辺りで遊んでいる二匹の猫がいた。玉と笠竹だ。こいつらも他所へ貰われていったはずだった。

「貰い手の家に元からいた猫との相性が悪くて、返されたんだよ。そして……」

長屋の路地の向こうから三匹の猫が追いかけっこをしながら出てきた。弥之助の足下をくるりと回り、また路地へと戻っていく。蕎麦屋のお品書き猫の、あられとしっぽく、そして花巻だった。

「……花巻は先方の家でかなり暴れたようだ。障子戸か襖がぼろぼろになったらしい。これでは家が壊されるからと戻されたんだよ。それから、今は姿が見えないが、どこかに柿と石見もいるよ。あいつらも花巻と似たような事情だ」

「つまり、元からいた十六匹の猫がすべて揃い、さらに三匹の子猫が増えたわけですね」

はあぁ、と吉兵衛はさっきよりも深い溜息を吐き出した。

「結局いなくなったのは野良太郎だけだ。ああ、蕎麦打ち名人の鉄さんもだね。今はお伊勢参りに行っているが、戻ったらすぐに芝の神明町に移ることになっている。前は汁粉屋だった場所に自分の蕎麦屋を出すから……」

「あれ、大家さん、それに親分さんと手習のお師匠さん、そして子供たちも。朝っぱらなのに大勢いるな。もしかして俺の帰りを待っていたのかな」

路地の方から声がした。噂をすれば影というやつだ。鉄である。

「そんなわけないだろう。いつものように朝のお参りだよ。まあ、よく無事に戻った。荷物を置いてゆっくり休んでくれ。土産話は後でゆっくり……」

鉄へと掛けていた吉兵衛の言葉が途中で止まった。その目も路地の先へ向けられたままで止まっている。

弥之助が路地を覗き込むと、先の方から鉄が歩いてくる姿が見えた。その脇をすり抜けるようにして一匹の犬がこちらに向かってくるのも目に入る。

「野良太郎……お前、まさか鉄さんと……」

「いやあ、親分さん、実はそうなんですよ」犬の代わりに鉄が返事をする。「川崎宿の手前辺りで付いてきていることに気づきましてね。今さら戻るのは面倒だと、そのまま一緒にお伊勢参りをしたんです」

「ほう、それは凄い」

弥之助がしゃがむと野良太郎が寄ってきた。その頭を撫でてやる。犬がお伊勢参りをするという話はたまに耳にするが、まさか野良太郎が行くとは思わなかった。間抜けな面をしているくせに信仰心が篤いのかもしれない。

「おい、弥之助。感心していないで、よく見るんだ」

吉兵衛が言うので弥之助は改めて路地を見た。鉄の背後からもう一匹の犬が現れて、こちらへと歩いてきた。

「て、鉄さん……そいつは？」

「帰り道の、確か沼津の辺りからだったと思いますが、いつの間にか付いてきていたんですよ。追い払っても逃げなくてね。そのうち野良太郎と仲良くなっちまったから、面倒臭くなってそのまま連れてきたんです」

新たに現れた犬は何食わぬ顔で弥之助や吉兵衛の横を通り抜け、四人の男の子たちのそばへ行って寝そべった。そこにいた子猫たちは驚くことなく、むしろその犬の方へと寄っていく。

「野良太郎は飼われているわけじゃなく、勝手にこの長屋をねぐらにしている野良犬だ。それがもう一匹増えたところで別に構わないでしょう」

「おい鉄さん、なに呑気なことを言っているんだ。あれは雌犬じゃないか。これでは犬の子まで増えてしまうよ」

はあああ、と吉兵衛はこれまでで一番深い溜息を吐き、そのまま呆然と天を見上げて動かなくなってしまった。旅から戻ったばかりの鉄への説教が始まるのかと思っていたが、今の吉兵衛にはその気力がないようだ。

――大家さん、これからますます大変だな。

弥之助が気の毒に思いながら吉兵衛を眺めていると、蓮十郎が近づいてきて耳元で囁いた。

「なあ、弥之助。本当にお多恵ちゃんは成仏したのかな」

「どうしたんですか。今さらそんなことを言うなんて……」

「あの雌の野良犬、この長屋に来てまずお多恵ちゃんの祠のそばへと行っただろう。三匹の子猫も、いつからかは知らんが、ずっと祠のそばにいる。出戻ってきた猫たち、さらには四人の男の子までも、実はお多恵ちゃんが呼び寄せたなんてことが……」

「まさか……」

弥之助はお多恵ちゃんの祠へと目を向けた。新たにこの溝猫長屋に加わった雌犬と子猫たちを、忠次と新七、留吉、そして銀太が嬉しそうに撫で回している。いつの間にかその周りを、手斧、玉、笠竹、花巻、柿、石見の出戻り猫たちが取り囲んでいた。

「杢太郎のやつをこの長屋へ呼び寄せて、祠を見てもらった方がいいかもしれんな」

「はあ……しかし、いや、でも」

他の三人の幽霊を感じる力は弱まったが、いまだに銀太の力だけは衰えていないらしい。その辺りも、何かありそうと思えなくもない。蓮十郎の言うように杢太郎を呼ぶべきだ。しかし、お千加ちゃんとの縁談がきっちりと決まるまでは、余計な手を煩わしたくない。

思い悩む弥之助の顔を野良太郎が不思議そうに見上げていた。その横で吉兵衛が、はあああ、と今日一番の大きな溜息を吐いた。

主な参考文献

『目明しと囚人・浪人と侠客の話　鳶魚江戸文庫14』三田村鳶魚著　朝倉治彦編／中公文庫
『江戸「捕物帳」の世界』山本博文監修／祥伝社新書
『嘉永・慶応　江戸切絵図』　人文社

あとがき

本書は麻布の溝猫長屋に住む十二歳の四人の男の子が、長屋の敷地の隅にある祠にお参りしたら幽霊の存在が分かるようになってしまい、そのために様々な騒動が巻き起こるという「溝猫長屋」シリーズの五作目であります。読者の皆様、最終刊です。本書をもって当シリーズは完結ということになります。ありがとうございました。

さて今回のあとがきの内容でございますが……前作『物の怪斬り』のあとがきで、次は「近所で産まれた子猫の報告」か「ちんこ切の解説」のどちらかを書く、と予告しておりました。大変悩んだのでございますが、さすがに最後なので猫の話を選ばせていただきます。全国の「ちんこ切」ファンの皆様、申しわけありません。

しかしながら、子猫に関してさほど詳しい報告があるわけではございません。収まる所に収まったとでも言いましょうか。どの界隈にも猫好きの御仁というのはいるらしくて、そちらできちんと世話をされているようです。輪渡が自室で仕事をしていると、裏の家の方から来て我が家の横を通り、正面の道へと抜けていく「ニャンニャン」という声がたまに聞こえます。機嫌のよさそうな声です。

その猫と輪渡がもっとも近くで遭遇したのは、車庫で片付けをしていた時です。私は気づかなかったのですが、どうやら物陰に潜んで寝ていたらしい。そこへ私が近づいて、その場で作業を始めたので、きっと猫は「ま、まずい」と思ったことでしょう。

しばらくして、私がゴミを入れる箱を取るために三メートルほど離れた隙に、猫は物陰から出てきました。驚いたのはこちらです。何かが動く気配がしたので目を向けると、猫がこちらを見ながらゆっくりと庭の方へと進んでいくのですから。「ど、どこにいたんだ?」「なぜ走って逃げない?」という疑問が頭の中に浮かびました。

で、そのまま眺めていると猫は庭の方へ消えました。そこで私は元の場所に戻り、再び作業を開始したのですが……なぜか視線を感じる。「何だ?」と思って横を見ると、なんと先ほどの猫がまだ五メートルほど先にいて輪渡の様子を見ているではありませんか。しかも私と目が合うと、こちらへと引き返してきたのです。

「むむっ」と思っていると、猫は私の後方二メートルほどの所を通って、いずこともなく去っていきました。「なぜ向こうへ逃げていかない?」「その微妙な距離は何だ？」という疑問が頭の中に渦巻きました。

　そんなわけで猫と輪渡の間には今後もお互いに観察する日々が続きそうですが、とりあえず今回の猫の報告は終わりです。

　ということで話を戻します。「溝猫長屋」シリーズは本書で終了です。関係者の皆様、そして読者の皆々様、本当にありがとうございました。忠次たち四人の男の子たちやお紺、弥之助、蓮十郎などが活躍することは二度とありません。それでも、ここまでの五冊を通して、彼らの雄姿が皆様の胸の片隅に少しでも残ってくれていたとしたら、作者としてこれ以上の喜びはありません。

……みたいなことを実は当シリーズの前に書いていた「古道具屋皆塵堂」シリーズの最終刊のあとがきにも記した覚えがございます。ところがですね、輪渡はこの後に始めた「怪談飯屋古狸」というシリーズに皆塵堂の登場人物を出してしまっているのですよ。ごめんなさい、私、嘘をついてしまいました。

　そんなわけですから、この「溝猫長屋」シリーズの登場人物も別の作品のどこかに出てくるかもしれません。それどころかさらに開き直って、いったん完結させたシリーズを復活させる、なんてことがあるかも……。まあ多分、あるとしたら「皆塵堂」シリーズの方になるでしょうが。

しかしそれではあまりにも節操がなさすぎるので、一応言い訳も考えています。当シリーズも、そして「皆塵堂」シリーズも、先に単行本で出版した物を後に文庫化しています。これを文庫書下ろしという形で続ける、というものです。つまり「終わりと言ったのはあくまでも単行本によるシリーズだ。文庫書下ろしという形だと話が変わるのだ、ぬははは」という言い訳なのですが……どうでしょうか。

読者の皆様、もし今後そのようなことがございましたら、どうか怒らず呆（あき）れず、よろしくお願いいたします。

本書は二〇一八年九月に小社より単行本として刊行されたものです。

|著者|輪渡颯介　1972年、東京都生まれ。明治大学卒業。2008年に『掘割で笑う女 浪人左門あやかし指南』で第38回メフィスト賞を受賞し、デビュー。怪談と絡めた時代ミステリーを独特のユーモアを交えて描く。好評の「古道具屋 皆塵堂」シリーズに続いて「溝猫長屋 祠之怪」シリーズ（本作）も人気に。他の著書に「怪談飯屋古狸」シリーズ、『ばけたま長屋』『悪霊じいちゃん風雲録』などがある。

別れの霊祠（わかれのれいし）　溝猫長屋 祠之怪（どぶねこながや ほこらのかい）
輪渡颯介（わたりそうすけ）

2021年1月15日第1刷発行

発行者──渡瀬昌彦
発行所──株式会社　講談社
東京都文京区音羽2-12-21　〒112-8001
電話　出版（03）5395-3510
　　　販売（03）5395-5817
　　　業務（03）5395-3615
Printed in Japan

講談社文庫
定価はカバーに表示してあります

デザイン──菊地信義
本文データ制作─講談社デジタル製作
印刷───豊国印刷株式会社
製本───株式会社国宝社

ISBN978-4-06-522321-5

講談社文庫刊行の辞

二十一世紀の到来を目睫に望みながら、われわれはいま、人類史上かつて例を見ない巨大な転換期をむかえようとしている。

世界も、日本も、激動の予兆に対する期待とおののきを内に蔵して、未知の時代に歩み入ろうとしている。このときにあたり、創業の人野間清治の「ナショナル・エデュケイター」への志を現代に甦らせようと意図して、われわれはここに古今の文芸作品はいうまでもなく、ひろく人文・社会・自然の諸科学から東西の名著を網羅する、新しい綜合文庫の発刊を決意した。

激動の転換期はまた断絶の時代である。われわれは戦後二十五年間の出版文化のありかたへの深い反省をこめて、この断絶の時代にあえて人間的な持続を求めようとする。いたずらに浮薄な商業主義のあだ花を追い求めることなく、長期にわたって良書に生命をあたえようとつとめるところにしか、今後の出版文化の真の繁栄はあり得ないと信じるからである。

同時にわれわれはこの綜合文庫の刊行を通じて、人文・社会・自然の諸科学が、結局人間の学にほかならないことを立証しようと願っている。かつて知識とは、「汝自身を知る」ことにつきていた。現代社会の瑣末な情報の氾濫のなかから、力強い知識の源泉を掘り起し、技術文明のただなかに、生きた人間の姿を復活させること。それこそわれわれの切なる希求である。

われわれは権威に盲従せず、俗流に媚びることなく、渾然一体となって日本の「草の根」をかたちづくる若く新しい世代の人々に、心をこめてこの新しい綜合文庫をおくり届けたい。それは知識の泉であるとともに感受性のふるさとであり、もっとも有機的に組織され、社会に開かれた万人のための大学をめざしている。大方の支援と協力を衷心より切望してやまない。

一九七一年七月

野間省一

講談社文芸文庫

坪内祐三
慶応三年生まれ 七人の旋毛曲り 漱石・外骨・熊楠・露伴・子規・紅葉・緑雨とその時代

解説＝森山裕之 年譜＝佐久間文子

つL1

幕末動乱期、同じ年に生を享けた漱石、外骨、熊楠、露伴、子規、紅葉、緑雨。膨大な文献を読み込み、咀嚼し、明治前期文人群像を自在な筆致で綴った傑作評論。

978-4-06-522275-1

十返 肇
「文壇」の崩壊 坪内祐三編

解説＝坪内祐三 年譜＝編集部

とJ1

昭和という激動の時代の文学の現場に、生き証人として立ち会い続けた希有なる評論家、十返肇——。今なお先駆的かつ本質的な、知られざる豊饒の文芸批評群。

978-4-06-290307-3

宮本 輝 新装版 二十歳の火影
宮本 輝 新装版 命の器
宮本 輝 新装版 避暑地の猫
宮本 輝 新装版 ここに地終わり 海始まる(上)(下)
宮本 輝 新装版 花の降る午後(上)(下)
宮本 輝 新装版 オレンジの壺(上)(下)
宮本 輝 にぎやかな天地(上)(下)
宮本 輝 新装版 朝の歓び(上)(下)
宮城谷昌光 侠骨記
宮城谷昌光 夏姫春秋(上)(下)
宮城谷昌光 花の歳月
宮城谷昌光 重耳(全三冊)
宮城谷昌光 介子推
宮城谷昌光 孟嘗君 全五冊
宮城谷昌光 春秋の名君
宮城谷昌光 子産(上)(下)
宮城谷昌光 湖底の城〈呉越春秋〉一
宮城谷昌光 湖底の城〈呉越春秋〉二
宮城谷昌光 湖底の城〈呉越春秋〉三
宮城谷昌光 湖底の城〈呉越春秋〉四
宮城谷昌光 湖底の城〈呉越春秋〉五
宮城谷昌光 湖底の城〈呉越春秋〉六
宮城谷昌光 湖底の城〈呉越春秋〉七
宮城谷昌光 湖底の城〈呉越春秋〉八
宮城谷昌光 湖底の城〈呉越春秋〉九
水木しげる コミック昭和史1〈関東大震災～満州事変〉
水木しげる コミック昭和史2〈満州事変～日中全面戦争〉
水木しげる コミック昭和史3〈日中全面戦争～太平洋戦争開始〉
水木しげる コミック昭和史4〈太平洋戦争前半〉
水木しげる コミック昭和史5〈太平洋戦争後半〉
水木しげる コミック昭和史6〈終戦から朝鮮戦争〉
水木しげる コミック昭和史7〈講和から復興〉
水木しげる コミック昭和史8〈高度成長以降〉
水木しげる 総員玉砕せよ！
水木しげる 敗走記
水木しげる 白い旗
水木しげる 姑娘
水木しげる 決定版 日本妖怪大全〈妖怪・あの世・神様〉
水木しげる ほんまにオレはアホやろか
宮部みゆき ステップファザー・ステップ
宮部みゆき 新装版 震える岩〈霊験お初捕物控〉
宮部みゆき 新装版 天狗風〈霊験お初捕物控〉
宮部みゆき ＩＣＯ―霧の城―(上)(下)
宮部みゆき ぼんくら(上)(下)
宮部みゆき 新装版 日暮らし(上)(下)
宮部みゆき おまえさん(上)(下)
宮部みゆき 小暮写眞館(上)(下)
宮子あずさ 看護婦が見つめた人間が死ぬということ
宮子あずさ 看護婦が見つめた人間が病むということ
宮子あずさ ナースコール
宮本昌孝 家康、死す(上)(下)
三津田信三 忌館〈ホラー作家の棲む家〉
三津田信三 作者不詳〈ミステリ作家の読む本〉(上)(下)
三津田信三 蛇棺葬
三津田信三 百蛇堂〈怪談作家の語る話〉
三津田信三 厭魅の如き憑くもの
三津田信三 凶鳥の如き忌むもの

三津田信三　首無の如き祟るもの
三津田信三　山魔の如き嗤うもの
三津田信三　水魑の如き沈むもの
三津田信三　密室の如き籠るもの
三津田信三　生霊の如き重るもの
三津田信三　幽女の如き怨むもの
三津田信三　シェルター 終末の殺人
三津田信三　ついてくるもの
三津田信三　誰かの家
三津田信三　忌物堂鬼談
道尾秀介　カラスの親指〈by rule of CROW's thumb〉
道尾秀介　水の柩
深木章子　鬼畜の家
湊かなえ　リバース
宮内悠介　彼女がエスパーだったころ
宮乃崎桜子　綺羅の皇女(1)
宮乃崎桜子　綺羅の皇女(2)
村上　龍　愛と幻想のファシズム(上)(下)
村上　龍　村上龍料理小説集

村上　龍　村上龍映画小説集
村上　龍　新装版 限りなく透明に近いブルー
村上　龍　新装版 コインロッカー・ベイビーズ
村上　龍　歌うクジラ(上)(下)
向田邦子　新装版 眠る盃
向田邦子　新装版 夜中の薔薇
村上春樹　風の歌を聴け
村上春樹　1973年のピンボール
村上春樹　羊をめぐる冒険(上)(下)
村上春樹　カンガルー日和
村上春樹　回転木馬のデッド・ヒート
村上春樹　ノルウェイの森(上)(下)
村上春樹　ダンス・ダンス・ダンス(上)(下)
村上春樹　遠い太鼓
村上春樹　国境の南、太陽の西
村上春樹　やがて哀しき外国語
村上春樹　アンダーグラウンド
村上春樹　スプートニクの恋人
村上春樹　アフターダーク

村上春樹 佐々木マキ絵　羊男のクリスマス
村上春樹 佐々木マキ絵　ふしぎな図書館
村上春樹 糸井重里　夢で会いましょう
村上春樹・文 安西水丸・絵　ふわふわ
U・K・ル＝グウィン 村上春樹訳　空飛び猫
U・K・ル＝グウィン 村上春樹訳　帰ってきた空飛び猫
U・K・ル＝グウィン 村上春樹訳　素晴らしいアレキサンダーと、空飛び猫たち
U・K・ル＝グウィン 村上春樹訳　空を駆けるジェーン
T・ファリッシュ著 B・ルート絵 村上春樹訳　ポテト・スープが大好きな猫
群ようこ　いいわけ劇場
村山由佳　天翔る
睦月影郎　密通妻
睦月影郎　快楽のリベンジ
睦月影郎　快楽ハラスメント
睦月影郎　快楽アクアリウム
向井万起男　渡る世間は「数字」だらけ
村田沙耶香　授乳
村田沙耶香　マウス
村田沙耶香　星が吸う水

講談社文庫 目録

村田沙耶香 殺人出産
村瀬秀信 気がつけばチェーン店ばかりでメシを食べている
村瀬秀信 それでも気がつけばチェーン店ばかりでメシを食べている
室積光 ツボ押しの達人
室積光 ツボ押しの達人 下山編
森村誠一 悪道
森村誠一 悪道 西国謀反
森村誠一 悪道 御三家の刺客
森村誠一 悪道 五右衛門の復讐
森村誠一 悪道 最後の密命
森村誠一 ねこの証明
毛利恒之 月光の夏
森博嗣 すべてがFになる〈THE PERFECT INSIDER〉
森博嗣 冷たい密室と博士たち〈DOCTORS IN ISOLATED ROOM〉
森博嗣 笑わない数学者〈MATHEMATICAL GOODBYE〉
森博嗣 詩的私的ジャック〈JACK THE POETICAL PRIVATE〉
森博嗣 封印再度〈WHO INSIDE〉
森博嗣 幻惑の死と使途〈ILLUSION ACTS LIKE MAGIC〉
森博嗣 夏のレプリカ〈REPLACEABLE SUMMER〉

森博嗣 今はもうない〈SWITCH BACK〉
森博嗣 数奇にして模型〈NUMERICAL MODELS〉
森博嗣 有限と微小のパン〈THE PERFECT OUTSIDER〉
森博嗣 黒猫の三角〈Delta in the Darkness〉
森博嗣 人形式モナリザ〈Shape of Things Human〉
森博嗣 月は幽咽のデバイス〈The Sound Walks When the Moon Talks〉
森博嗣 夢・出逢い・魔性〈You May Die in My Show〉
森博嗣 魔剣天翔〈Cockpit on knife Edge〉
森博嗣 恋恋蓮歩の演習〈A Sea of Deceits〉
森博嗣 六人の超音波科学者〈Six Supersonic Scientists〉
森博嗣 捩れ屋敷の利鈍〈The Riddle in Torsional Nest〉
森博嗣 朽ちる散る落ちる〈Rot off and Drop away〉
森博嗣 赤緑黒白〈Red Green Black and White〉
森博嗣 四季 春～冬
森博嗣 φは壊れたね〈PATH CONNECTED φ BROKE〉
森博嗣 θは遊んでくれたよ〈ANOTHER PLAYMATE θ〉
森博嗣 τになるまで待って〈PLEASE STAY UNTIL τ〉
森博嗣 εに誓って〈SWEARING ON SOLEMN ε〉
森博嗣 λに歯がない〈λ HAS NO TEETH〉

森博嗣 ηなのに夢のよう〈DREAMILY IN SPITE OF η〉
森博嗣 目薬αで殺菌します〈DISINFECTANT α FOR THE EYES〉
森博嗣 ジグβは神ですか〈JIG β KNOWS HEAVEN〉
森博嗣 キウイγは時計仕掛け〈KIWI γ IN CLOCKWORK〉
森博嗣 χの悲劇〈THE TRAGEDY OF χ〉
森博嗣 イナイ×イナイ〈PEEKABOO〉
森博嗣 キラレ×キラレ〈CUTTHROAT〉
森博嗣 タカイ×タカイ〈CRUCIFIXION〉
森博嗣 ムカシ×ムカシ〈REMINISCENCE〉
森博嗣 サイタ×サイタ〈EXPLOSIVE〉
森博嗣 ダマシ×ダマシ〈SWINDLER〉
森博嗣 女王の百年密室〈GOD SAVE THE QUEEN〉
森博嗣 迷宮百年の睡魔〈LABYRINTH IN ARM OF MORPHEUS〉
森博嗣 赤目姫の潮解〈LADY SCARLET EYES AND HER DELIQUESCENCE〉
森博嗣 地球儀のスライス〈A SLICE OF TERRESTRIAL GLOBE〉
森博嗣 まどろみ消去〈MISSING UNDER THE MISTLETOE〉
森博嗣 今夜はパラシュート博物館へ〈THE LAST DIVE TO PARACHUTE MUSEUM〉
森博嗣 虚空の逆マトリクス〈INVERSE OF VOID MATRIX〉
森博嗣 レタス・フライ〈Lettuce Fry〉

講談社文庫　目録

森　博嗣　僕は秋子に借りがある I'm in Debt to Akiko〈森博嗣自選短編集〉
森　博嗣　どちらかが魔女 Which is the Witch?〈森博嗣シリーズ短編集〉
森　博嗣　探偵伯爵と僕〈His name is Earl〉
森　博嗣　喜嶋先生の静かな世界〈The Silent World of Dr.Kishima〉
森　博嗣　実験的経験〈Experimental experience〉
森　博嗣　そして二人だけになった〈Until Death Do Us Part〉
森　博嗣　つぶやきのクリーム〈The cream of the notes〉
森　博嗣　つぼやきのテリーヌ〈The cream of the notes 2〉
森　博嗣　つぼねのカトリーヌ〈The cream of the notes 3〉
森　博嗣　ツンドラモンスーン〈The cream of the notes 4〉
森　博嗣　つぼみ茸ムース〈The cream of the notes 5〉
森　博嗣　つぶさにミルフィーユ〈The cream of the notes 6〉
森　博嗣　月夜のサラサーテ〈The cream of the notes 7〉
森　博嗣　つんつんブラザーズ〈The cream of the notes 8〉
森　博嗣　ツベルクリンムーチョ〈The cream of the notes 9〉
森　博嗣　100人の森博嗣〈100 MORI Hiroshies〉
森　博嗣　的を射る言葉〈Gathering the Pointed Wits〉
森　博嗣　カクレカラクリ〈An Automaton in Long Sleep〉
森　博嗣　DOG&DOLL

諸田玲子　其の一日
諸田玲子　森家の討ち入り
森　達也　「自分の子どもが殺されても同じことが言えるのか」と叫ぶ人に訊きたい
森　達也　すべての戦争は自衛から始まる
本谷有希子　腑抜けども、悲しみの愛を見せろ
本谷有希子　江利子と絶対〈本谷有希子文学大全集〉
本谷有希子　あの子の考えることは変
本谷有希子　嵐のピクニック
本谷有希子　自分を好きになる方法
本谷有希子　異類婚姻譚
本谷有希子　静かに、ねぇ、静かに
茂木健一郎　「赤毛のアン」に学ぶ幸福になる方法
茂木健一郎 with ダイアログ・イン・ザ・ダーク　まっくらな中での対話
森川智喜　キャットフード
森川智喜　スノーホワイト
森川智喜　一つ屋根の下の探偵たち
森林原人　セックス幸福論〈偏差値78のAV男優が考える〉
桃戸ハル編・著　5分後に意外な結末〈ベスト・セレクション〉
桃戸ハル編・著　5分後に意外な結末〈ベスト・セレクション 黒の巻・白の巻〉

森　功　高倉健〈隠し続けた七つの顔と「謎の養女」〉
山田風太郎　甲賀忍法帖〈山田風太郎忍法帖①〉
山田風太郎　伊賀忍法帖〈山田風太郎忍法帖③〉
山田風太郎　忍法八犬伝〈山田風太郎忍法帖④〉
山田風太郎　風来忍法帖〈山田風太郎忍法帖⑪〉
山田風太郎　新装版 戦中派不戦日記
山田正紀　大江戸ミッション・インポッシブル〈顔役を消せ〉
山田正紀　大江戸ミッション・インポッシブル〈幽霊船を奪え〉
山田詠美　晩年の子供
山田詠美　A2Z
山田詠美　珠玉の短編
柳家小三治　ま・く・ら
柳家小三治　もひとつま・く・ら
柳家小三治　バ・イ・ク
山口雅也　垂里冴子のお見合いと推理
山本一力　深川黄表紙掛取り帖
山本一力　牡丹酒〈深川黄表紙掛取り帖(二)〉
山本一力　ジョン・マン1 波濤編
山本一力　ジョン・マン2 大洋編

山本一力 ジョン・マン3 望郷編
山本一力 ジョン・マン4 青雲編
山本一力 ジョン・マン5 立志編
椰月美智子 十二歳
椰月美智子 しずかな日々
椰月美智子 ガミガミ女とスーダラ男
椰月美智子 恋愛小説
柳 広司 キング&クイーン
柳 広司 怪談
柳 広司 ナイト&シャドウ
柳 広司 幻影城市
薬丸 岳 天使のナイフ
薬丸 岳 闇の底
薬丸 岳 虚夢
薬丸 岳 刑事のまなざし
薬丸 岳 逃走
薬丸 岳 ハードラック
薬丸 岳 その鏡は嘘をつく
薬丸 岳 刑事の約束

薬丸 岳 Aではない君と
薬丸 岳 ガーディアン
薬丸 岳 刑事の怒り
矢野龍王 箱の中の天国と地獄
山崎ナオコーラ 論理と感性は相反しない
山崎ナオコーラ 可愛い世の中
山田芳裕 へうげもの 一服
山田芳裕 へうげもの 二服
山田芳裕 へうげもの 三服
山田芳裕 へうげもの 四服
山田芳裕 へうげもの 五服
山田芳裕 へうげもの 六服
山田芳裕 へうげもの 七服
山田芳裕 へうげもの 八服
山田芳裕 へうげもの 九服
山田芳裕 へうげもの 十服
山田芳裕 へうげもの 十一服
山田芳裕 へうげもの 十二服
矢月秀作 ACT 〈警視庁特別潜入捜査班〉

矢月秀作 ACT2 告発者 〈警視庁特別潜入捜査班〉
矢月秀作 ACT3 掠奪 〈警視庁特別潜入捜査班〉
矢野 隆 清正を破った男
矢野 隆 我が名は秀秋
矢野 隆 戦始末
矢野 隆 乱
山本 弘 僕の光輝く世界
山内マリコ かわいい結婚
山本周五郎 さぶ 〈山本周五郎コレクション〉
山本周五郎 白石城死守 〈山本周五郎コレクション〉
山本周五郎 完全版 日本婦道記(上)(下) 〈山本周五郎コレクション〉
山本周五郎 戦国武士道物語 死處 〈山本周五郎コレクション〉
山本周五郎 戦国物語 信長と家康 〈山本周五郎コレクション〉
山本周五郎 幕末物語 失蝶記 〈山本周五郎コレクション〉
山本周五郎 逃亡記 時代ミステリ傑作選 〈山本周五郎コレクション〉
山本周五郎 家族物語 おもかげ抄 〈山本周五郎コレクション〉
山本周五郎 繁あね 〈美しい女たちの物語〉
山本周五郎 雨あがる 〈映画化作品集〉
柳田理科雄 スター・ウォーズ 空想科学読本

柳田理科雄 MARVEL マーベル空想科学読本
靖子靖史 空色カンバス〈瑞空寺凸凹縁起〉
安本由佳／山本理沙 不機嫌な婚活
夢枕 獏 大江戸釣客伝 (上)(下)
唯川 恵 雨 心 中
行成 薫 ヒーローの選択
行成 薫 バイバイ・バディ
行成 薫 スパイの妻
柚月裕子 合理的にあり得ない〈上水流涼子の解明〉
吉村 昭 私の好きな悪い癖
吉村 昭 吉村昭の平家物語
吉村 昭 暁 の 旅 人
吉村 昭 新装版 白い航跡 (上)(下)
吉村 昭 新装版 海も暮れきる
吉村 昭 新装版 間 宮 林 蔵
吉村 昭 新装版 赤 い 人
吉村 昭 新装版 落日の宴 (上)(下)
吉村 昭 白 い 遠 景
横尾忠則 言葉を離れる

吉田ルイ子 ハーレムの熱い日々
吉川英明 新装版 父 吉川英治
吉村葉子 お金がなくても平気なフランス人 お金があっても不安な日本人
米原万里 ロシアは今日も荒れ模様
横山秀夫 半 落 ち
横山秀夫 出口のない海
吉田修一 日曜日たち
吉本隆明 真 贋
吉本隆明 フランシス子へ
横関 大 再 会
横関 大 グッバイ・ヒーロー
横関 大 チェインギャングは忘れない
横関 大 沈黙のエール
横関 大 ル パ ン の 娘
横関 大 ルパンの帰還
横関 大 ホームズの娘
横関 大 ル パ ン の 星
横関 大 スマイルメイカー
横関 大 K2〈池袋署刑事課 神崎・黒木〉

吉川永青 誉 れ の 赤
吉川永青 裏 関 ヶ 原
吉川永青 化 け 札
吉川永青 治 部 の 礎
吉川永青 老 侍
好村兼一 兜 割 源 三 郎〈玄治店密命始末〉
吉村龍一 光 る 牙
吉村龍一 隠された牙〈森林保護官 樋口孝也の事件簿〉
吉川トリコ ぶらりぶらこの恋
吉川トリコ ミ ド リ の ミ
吉川英梨 波 動〈新東京水上警察〉
吉川英梨 烈 渦〈新東京水上警察〉
吉川英梨 朽海の城〈新東京水上警察〉
吉川英梨 海底の道化師〈新東京水上警察〉
吉川英梨 月下蝋人〈新東京水上警察〉
薬丸岳／竹吉優輔／高野文緒／横関大／遠藤武文／翔田寛 デッド・オア・アライヴ
隆 慶一郎 花と火の帝 (上)(下)
隆 慶一郎 時代小説の愉しみ
隆 慶一郎 新装版 柳生刺客状

講談社文庫 目録

隆 慶一郎 見知らぬ海へ〈レジェンド歴史時代小説〉
梨 沙 華鬼
梨 沙 華鬼 2
梨 沙 華鬼 3
梨 沙 華鬼 4
リレーミステリー 宮辻薬東宮
連城三紀彦 女王(上)(下)
連城三紀彦 著／綾辻行人／伊坂幸太郎／小野不由美／米澤穂信 編 連城三紀彦 レジェンド〈傑作ミステリー集〉
連城三紀彦 著／綾辻行人／伊坂幸太郎／小野不由美／米澤穂信 編 連城三紀彦 レジェンド2〈傑作ミステリー集〉
令丈ヒロ子 原作・文／吉田玲子 脚本 小説 若おかみは小学生！〈劇場版〉
渡辺淳一 失楽園(上)(下)
渡辺淳一 男と女
渡辺淳一 泪壺
渡辺淳一 秘すれば花
渡辺淳一 化粧(上)(下)
渡辺淳一 あじさい日記(上)(下)
渡辺淳一 熟年革命
渡辺淳一 幸せ上手
渡辺淳一 新装版 雲の階段(上)(下)

渡辺淳一 麻酔〈渡辺淳一セレクション〉
渡辺淳一 阿寒に果つ〈渡辺淳一セレクション〉
渡辺淳一 何処へ〈渡辺淳一セレクション〉
渡辺淳一 光と影〈渡辺淳一セレクション〉
渡辺淳一 花埋み〈渡辺淳一セレクション〉
渡辺淳一 氷紋〈渡辺淳一セレクション〉
渡辺淳一 長崎ロシア遊女館〈渡辺淳一セレクション〉
渡辺淳一 遠き落日(上)(下)〈渡辺淳一セレクション〉
輪渡颯介 古道具屋 皆塵堂
輪渡颯介 猫除け 古道具屋 皆塵堂
輪渡颯介 蔵盗み 古道具屋 皆塵堂
輪渡颯介 迎え猫 古道具屋 皆塵堂
輪渡颯介 祟り婿 古道具屋 皆塵堂
輪渡颯介 影憑き 古道具屋 皆塵堂
輪渡颯介 夢の猫 古道具屋 皆塵堂
輪渡颯介 溝猫長屋 祠之怪
輪渡颯介 優しき悪霊〈溝猫長屋 祠之怪〉
輪渡颯介 欺きの童霊〈溝猫長屋 祠之怪〉
輪渡颯介 物の怪斬り〈溝猫長屋 祠之怪〉

若杉 冽 原発ホワイトアウト
綿矢りさ ウォーク・イン・クローゼット
和久井清水 水際のメメント〈きたまち建築事務所のリフォームカルテ〉
若菜晃子 東京甘味食堂

2020年12月15日現在